This book must be returned or renewed on or before the
latest date above, otherwise a fine will be charged.
Rhaid dychwelyd neu adnewyddu y llyfr hwn erbyn y dyddiad
diweddaraf uchod, neu bydd dirwy i'w thalu.

19Sg/54   LAB01

D1347310

DRYCHIOLAETHAU

Gwyn Thomas

ISBN 978-1-904845-96-6

Dymuna'r cyhoeddwyr
gydnabod cymorth
Adrannau Cyngor Llyfrau Cymru

Cyhoeddwyd ac argraffwyd gan
Wasg y Bwthyn, Caernarfon

CYNNWYS

RHAGAIR

Fe gyflwynwyd ambell un o'r straeon hyn, eisoes, mewn ffurfiau addas ar gyfer cyfrwng radio a ffilm. Y mae eu ffurfiau printiedig, wrth reswm, yn wahanol.

Dro'n ôl gofynnais i'm hwyres, Cerys – a oedd, ar y pryd, yn saith oed – dynnu llun o hogan bach drist, mewn ffrog goch, sef y cymeriad yn un o'r straeon, ar gyfer y clawr. Rydw i'n diolch iddi hi, yn enwedig am iddi wneud hynny'n groes i'r graen: bu'n rhaid iddi hi gael tynnu llun yr un hogan bach wedyn yn llawen a di-ddagrau.

Gwyn Thomas

SYLWER

Defnyddir teip italig mewn rhai straeon
i ddynodi siarad Saesneg.

Hogan bach
mewn
ffrog goch

Y mae glan y môr yn Llanddonaw yn hir a maith, ac anaml
y daw'r llanw i ben ucha'r traeth. Rhwng y traeth a ffordd
wlad gul y mae twyni tywod, a moresg yn tyfu'n eithaf
trwchus arnyn nhw. Y mae'r ffordd gul yma ar waelod
llethr o gaeau a choed lle y mae ambell dŷ ac ambell fferm.
Ym mhen draw un ochor i'r traeth y mae'r tir yn codi'n
serth ond yn wyrdd cyn troi'n graig a chlogwyn. Ar frig y
codiad serth y mae tri thŷ, a chanddyn nhw olygfa wych, yn
edrych dros y traeth allan i'r môr. Y mae cerrig llyfnion yn
bentyrrau ar ben y traeth yn y fan yma.

Un hwyrnos braf o Fedi yr oedd Arthur Hefin, cyfreithiwr
trigain oed, a'i wraig Jenni wedi mynd â'u ci – ci defaid o'r
enw Gel – am dro ar y traeth hwn. Taflai Arthur bêl bob
hyn-a-hyn a rhedai Gel ar ei hôl a dod â hi i'w feistr, yn ôl
arfer cŵn. Yn ôl arfer cŵn, hefyd, byddai Gel weithiau am
ddal ei afael yn y bêl.

"Wel gollwng hi 'te," meddai Arthur wrtho.

"Mae o wedi cnoi'r bêl 'na'n racs bron," meddai Jenni.

"Digon gwir," meddai Arthur, "ond 'dydi o ddim yn
gwybod hynny, neu ddim yn malio."

"Be wyddost ti! Mae'n Gel ni'n gallach nag y mae rhai
pobol yn meddwl," meddai Jenni.

"Ydi o wir?" meddai Arthur, "Wel sbia ar hyn 'te."

Taflodd y bêl â'i holl nerth; ac fe aeth hi gryn bellter hefyd.

"Ffwr' ti, 'te."

Sgrialodd Gel ar ôl y bêl, a oedd wedi mynd i ganol y cerrig llyfnion o dan y clogwyn lle'r oedd y tri thŷ.

"Be ydi hyn? Nogio?" meddai Arthur.

"Be ddeudais i! Mae'n hannwyl Gel ni'n gallach nag y mae rhai pobol yn meddwl," meddai Jenni. "Mae o'n ddigon call, beth bynnag i beidio â mynd i sgrialu i ganol y cerrig yna."

"Mae o wedi sefyll yn stond," meddai Arthur.

"Sefyll yn stond fuaswn innau hefyd," meddai Jenni, "petawn i'n gi. 'Swn innau ddim yn calpio i ganol cerrig ar ôl racsan o bêl chwaith."

"Mae 'na rywbeth yn bod," meddai Arthur. Cerddodd y ddau ohonyn nhw ar hyd y tywod at odre'r cerrig.

"Sbia, mae o wedi codi'i wrychyn," meddai Arthur. "Be sy'n dy boeni di wàs?"

"Sbia! Sbia i fyny i fan'cw," meddai Jenni.

Edrychodd Arthur i'r cyfeiriad yr oedd ei wraig yn cyfeirio ato.

"Hogan bach!" meddai, gyda syndod. "Hogan bach mewn ffrog, neu mewn côt goch."

Ar lain gul o dir ar y tu allan i ffens gardd un o'r tri thŷ ar y llechwedd serth yr oedd geneth fach, rhyw bump oed, yn sefyll ac yn edrych i lawr ar y traeth.

"Sut yn y byd mawr yr aeth hi i fan'na," meddai Jenni.

"Mi a' i i fyny at y tŷ," meddai Arthur. "Arhosa di a Gel yma."

Aeth Arthur yn ei ôl nes cyrraedd y fan lle'r oedd y ffordd yn cyd-redeg â min y traeth, ac yn mynd ar i fyny at y tri thŷ. Cyrhaeddodd y tŷ yr oedd yr eneth fach fel pe bai'n sefyll y tu allan i'r ffens ym mhen draw ei ardd, man nad oedd ddim i'w gweld o'r ffordd nac o ffrynt y tŷ. Canodd Arthur gloch y tŷ. Cyn pen fawr o dro agorwyd y drws gan ŵr cadarn, tua chwech a thrigain oed. Syllodd ar Arthur gyda chymysgedd o chwilfrydedd a rhywfaint o am-heuaeth. Edrychodd Arthur i lygaid glas, glas Morgan Flint.

"Ie, a be alla'i ei wneud i chi?" gofynnodd Flint, yn Saesneg.

"Mae'n ddrwg gen i ddod yma fel hyn," meddai Arthur, *"ond mae'n siŵr na wyddoch chi ddim am yr hogan bach . . ."*

Torrodd Flint ar ei draws, yn eithaf ffyrnig, i ddechrau, *"Hogan bach!"* meddai, yna lliniarodd a dweud yn fwy addfwyn, *"Hogan bach ddwetsoch chi?"*

"Mewn lle peryg iawn. Reit ar ochor y dibyn, rywle tua gwaelod eich gardd chi," meddai Arthur.

"Hogan bach rywle tua gwaelod fy ngardd i?" meddai Flint.

A welodd o ryw fflach o rywbeth fel arswyd yn y llygaid gleision, meddyliodd Arthur, wrth iddo fynd yn ei flaen i esbonio, *"Mewn ffrog neu gôt goch. Mewn lle peryg iawn."*

"Mi alla' i weld gwaelod fy ngardd . . ." cychwynnodd Flint, ond y tro hwn Arthur ddaru dorri ar ei draws o, *"Yr ochor allan i'r ffens, reit ar ochor y dibyn."*

"Mi alla i weld fan'no hefyd, o'r lolfa, a 'does 'na neb, na dim yno," meddai Flint, yn bendant.

"Ond mi 'gwelais i hi o'r traeth, rhyw ddeng munud yn ôl. Mi ddaru mi frysio i fyny yma. Roedd hi'n edrych i lawr arna-i," meddai Arthur, gan ddal ei dir.

"Dowch efo fi 'te, rownd i'r ardd," meddai Flint, gan ddechrau cerdded heibio talcen y tŷ. Dilynodd Arthur o.

"Fel y dwedais i – neb, na dim," meddai Flint.

"Rhyfedd. Rhyfedd iawn," meddai Arthur.

*"Ydych chi'n siŵr mai tua gwaelod gardd y tŷ **yma** oedd o?*

. . . Mae 'na blant yn y drws nesa," meddai Flint. "Ond wedyn, 'dydyn nhw ddim yma'r wythnos yma. Wedi mynd yn ôl adre. Ysgol yn ailagor. Tŷ gwyliau ydi drws nesa."

"Ydych chi'n meindio petawn i'n mynd dros y ffens yma?" gofynnodd Arthur.

"Ddim o gwbwl," meddai Flint. "Ond cymerwch ofal."

Dringodd Arthur dros y ffens cadarn yn dra gofalus a chyda pheth trafferth, a bwrw golwg ar y llathenni rhwng y ffens hwnnw a'r dibyn. Chwiliodd am ôl troed, neu unrhyw arwydd arall fod rhywun newydd fod yno.

"Rhywbeth i'w weld?" gofynnodd Flint.

"Na, dim byd. Dim byd o gwbwl . . ." meddai Arthur. "Mae 'ngwraig i i lawr ar y traeth, ond 'waeth imi heb â gweiddi, 'chlywith hi mono i . . . mae hi'n gwneud arwydd nad oes 'na ddim byd yma rŵan."

Dringodd Arthur yn ei ôl dros y ffens, eto gyda pheth trafferth.

"Ôd iawn, ôd iawn!" meddai Arthur. "Wel, mae'n ddrwg gen i 'mod i wedi bod yn niwsans."

"Dim niwsans o gwbwl, ddim o gwbwl," meddai Flint. "Ac mi welsoch drosoch eich hun na allai'r un plentyn bach fod wedi mynd dros y ffens yna."

Cerddodd Arthur yn ei ôl i'r traeth at ei wraig, a Gel, a oedd erbyn hyn yn rhedeg o gwmpas fel peth gwirion, yn union fel yr oedd o'n arferol.

"Mi wnes i dipyn o ffŵl ohona'i'n hun," meddai Arthur.

"Ond yr oedd hi yno," meddai ei wraig, gyda phendantrwydd annisgwyl.

"Wel dyna roeddwn innau'n ei feddwl," meddai Arthur. "Ond doedd o ddim fel petai o'n ei gweld hi."

"Neu'n cymryd arno. Mi ddiflannodd hi wedyn," meddai Jenni.

"Do, mi ddiflannodd!" meddai Arthur, "Mi ddiflannodd hi'n reit siŵr."

"Ond yr *oedd* hi yno," meddai Jenni. "Yr *oedd* hi yno."

"Mi a' i i chwilio am bêl Gel," meddai Arthur.

"Y racsan yna. Gad iddi, wir," meddai Jenni.

Ond roedd Arthur wedi cychwyn mynd am y fan lle gwelwyd y bêl ddiwethaf.

"Tyrd Gel, helpa fi i chwilio," meddai Arthur.

Rhedodd Gel ato, a dechrau snwfflan o gwmpas wrth fynd yn ei flaen. Daeth at un lle arbennig, a stopiodd yn ei unfan, a dechrau cwynfan yn ofidus.

"Be sy rŵan eto?" meddai Arthur wrtho'i hun. Edrychodd i fyny, "O na!" meddai.

"Mae hi yna eto – yr hogan bach," meddai Jenni, oedd wedi ei ddilyn.

"Mewn ffrog goch . . ." meddai Arthur. "Ond 'dydw i ddim yn mynd yn f'ôl i'r tŷ yna eto. Mae'n rhaid ein bod ni'n dechra gweld petha."

"Ond y *mae* hi yna," meddai Jenni. "Y *mae* hi yna."

Ar ôl i Arthur a Jenni fynd adref a chael swper, mi fuon yn sôn am yr hyn a welson nhw, am hir. Rhy hir, yn nhyb Arthur. Mi drawodd ei fys ar fotwm y teledydd, ar gyfer y Newyddion Deg. Ond chafodd o ddim llonydd.

"Waeth iti heb," meddai Jenni wrtho. "Yr oedd hi yno, a dydi ceisio anwybyddu'r ffaith honno ddim yn mynd i newid petha."

"Yli, rydym ni wedi sôn digon am hyn," meddai Arthur. "OK, mi welsom ni rywbeth. Cywiriad. Rydym ni'n **meddwl** ein bod ni wedi gweld rhywbeth."

"A beth am Gel?" gofynnodd Jenni.

"Wel, efallai ei fod o . . ." dechreuodd Arthur ddweud.

"Efallai?" meddai Jenni. "Mi stopiodd yn stond, ddwy

waith, a'i wrychyn i fyny. Roedd o'n synhwyro rhywbeth."

"Efallai ei fod o. Ond dydi hynny ddim yn brawf o ddim byd," meddai Arthur.

"Welaist ti rywbeth?" holodd Jenni.

"Do," atebodd Arthur, braidd yn anfoddog. "Rydw i'n barod i gyfaddef hynny. Ond does 'na ddim plant yn y tŷ. Mae 'na blant yn y drws nesa, ond 'dydyn nhw ddim yno."

"Iawn," meddai Jenni. "Ond mae 'na rywbeth yn rhyfedd iawn, rhyfedd iawn yn hyn i gyd."

"Rydym ni wedi gweld ysbryd!" ebychodd Arthur. "Jenni bach, rydw i'n gyfreithiwr parchus, a 'dydi cyfreithwyr parchus – na'u gwragedd – ddim yn gweld ysbrydion."

"Be oedd yr hogan bach yma 'te?" holodd ei wraig o, fel twrnai.

"Dychymyg."

"Dychymyg un dyn – a'i wraig, a chi?" meddai Jenni.

"Mae petha fel hyn yn digwydd weithia – ymyrraeth gemegol," meddai Arthur, "dyna ydi'r esboniad."

"Ymyrraeth gemegol yn digwydd i un dyn, un wraig, ac un ci – a hynny ar yr un pryd! Beth pe baet ti'n cynnig esboniad fel yna mewn llys barn?" meddai Jenni.

"A beth pe bawn i'n deud yn yr un llys barn i mi, a 'ngwraig - a 'nghi - weld ysbryd?" gofynnodd Arthur. "Dydi pethau felly ddim yn bod."

"Mae'r hogan bach yna'n bod," meddai Jenni.

"Bod yn lle ydi'r cwestiwn," meddai Arthur.

Yn y man fe aeth Arthur Hefin a'i wraig i'r gwely i gysgu. Neu i geisio cysgu. Yn nhrymder y nos roedd y ddau rhwng cwsg ac effro pan glywson nhw sŵn ysgafn, fel plentyn bach yn crio yn rhywle.

"Wyt ti'n effro?" gofynnodd Jenni.

"Ydw."

"Wyt ti'n clywed rhywbeth?"

Ar hyn dyma'r sŵn yn peidio.

"Ydi Gel wedi ffeindio'i ffordd i fyny i'r llofft yma eto?" holodd Arthur.

"Mi wyddost cystal â finna nad sŵn Gel ydi hwn'na," meddai Jenni. "Gola!"

Trawodd ei bys ar y switj, ac fe ddaeth y golau arnodd. "Sŵn plentyn ydi o . . . plentyn yn crio. Dwyt ti ddim yn cofio sut y byddai dy blant di dy hun pan fydden nhw'n sâl?"

"Mi a' i i chwilio i weld be sy," meddai Arthur, yn anfoddog, ac yn anesmwyth. Aeth allan o'r llofft. "Does 'na ddim byd ar y landing 'ma, beth bynnag. Mi a' i i lawr."

"A finna," meddai Jenni gan ei ddilyn.

Gyda hyn ailddechreuodd y sŵn crio, fymryn yn uwch nag o'r blaen.

"Mae'r crio yma fel petai o'n dwad o'r stydi," meddai Arthur, gan fynd yno a tharo'r golau arnodd, a mynd i mewn. "Does yna ddim byd yma."

Edrychodd y ddau o'u cwmpas.

"Be 'di hwn?" gofynnodd Jenni, yn y man. "Hwn, yn fa'ma, ar y bwrdd yma. Chdi bia hwn?"

"Fi bia be?"

"Y ddalen yma," meddai Jenni.

"Na," meddai Arthur, gan ei chodi. "Mae 'na ryw fath o sgwennu arni hi."

Edrychodd Jenni ar y ddalen yn nwylo ei gŵr, a dweud, "Un gair: Rochdale."

"Wedi ei sgrifennu . . . gan blentyn!" meddai Arthur.

Fu yna ddim ychwaneg hyd yn oed o ymdrech i gysgu yn y tŷ wedyn. Daeth y ddau â Gel o'r cefn atyn nhw i'r gegin a rhoi'r gwres canolog i fynd. Ac ymhen hir a hwyr fe ddechreodd y ddau osod y bwrdd ar gyfer brecwast.

"Paned arall?" gofynnodd Jenni.

"Na, llawn cystal imi ei throi hi," meddai Arthur.

"O ie," meddai Jenni. "Ac mi *wnei* di holi be ydi enw'r dyn yna yn Llanddonaw?"

"Gwnaf, ryw ben, fel y medra i," meddai Arthur. "Rydw i yn y llys trwy'r bore."

"Ie iawn; ond cofia wneud," meddai Jenni.

"OK. Rydym ni wedi deud ddigonedd o weithiau rŵan fod yna rywbeth rhyfedd yn fa'ma. A, wir, mi wna i gymryd y peth o ddifri," meddai Arthur. "Rydw i wedi dychryn gymaint â titha . . . Wyt ti'n siŵr nad ei di ddim at dy fam am y diwrnod?"

"Mae Mair a Megan yn dwad draw yn y munud. A does gen i ddim ofn. Rydw i wedi dychryn; ond does gen i ddim ofn. Mae 'na ryw hogan bach yn rhywla eisio help," meddai Jenni.

"Ie, wel, mi gawn ni weld am hynny," meddai Arthur. "A dydw i ddim yn addo peidio â mynd at y bôi 'na sy'n honni tawelu, – ym, ysbrydion – os ydi o hefyd!"

"Chwilia di am enw y dyn Llanddonaw yna i ddechrau. Gawn ni weld be ddigwyddith wedyn," meddai Jenni.

Roedd Arthur Hefin wedi dod yn ei ôl o'r llys i'w swyddfa.

"Mi gymerodd hyn'na lai o amser na'r disgwyl," meddai wrth ei ysgrifenyddes. "Yli, gwna'n siŵr fod y rhain i gyd yn mynd efo post y pnawn . . . a, Gwyneth, gest ti hyd i enw'r dyn a chyfeiriad i'r tŷ yna yn Llanddonaw?"

"Do. Morgan Flint ydi enw'r dyn," meddai'r ysgrifenyddes, "a . . . rhoswch chi . . ." Trôdd at bapur ar ei desg, "Trem y Don, Ffordd Ucha ydi ei gyfeiriad o."

16

"Dydi o ddim wedi newid enw'r tŷ felly?" gofynnodd Arthur.

"Nac'di. Yn wir, reit gefnogol i betha Cymraeg," meddai Gwyneth.

"A lle cest ti'r wybodaeth yna?" holodd Arthur.

"Mae gen i fy ffyrdd on'd oes!" meddai Gwyneth. "Mae fy ffrind, Bethan – rydych chi wedi ei chyfarfod hi – yn byw oddi ar y ffordd gul yna wrth y traeth."

"Ers faint y mae o yno 'te?" holodd Arthur.

"Dwy flynedd go lew. Wedi ymddeol. O Rochdale."

"Rochdale!" methodd Arthur atal ei syndod.

"Ie, pam?"

"Dim byd . . . Sut wyt ti'n gwybod hyn?" gofynnodd Arthur.

"Y dyn ei hun wedi deud wrth Bethan."

"Mae Bethan yn tynnu 'mlaen yn iawn efo Mr Flint?" holodd Arthur.

"Mae o'n beth digon clên, meddai hi. Pan aeth hi yno i hel pres at drwsio'r Neuadd Bentra, mi roddodd hanner canpunt at yr achos – ac mi gynigiodd baned o goffi iddi hi," meddai Gwyneth.

"Clên iawn. Ddaru hi dderbyn?"

"Os ydych chi eisio gwybod: naddo. Yn un peth roedd 'na hogan bach – ei wyres o m'wn – yn sefyll yn ffenest y tŷ, yn ei chôt, fel tae hi ar gychwyn am dro. Ond y peth rhyfedd oedd, doedd o ddim fel petai o'n ei gweld hi – ôd iawn, meddai Bethan."

"Hogan bach? . . . Ddaru o ddim sôn amdani hi?" holodd Arthur.

"Sut y gwn i? Ddaru Bethan ddim deud dim am hynny . . . Yr unig beth arall ddwedodd hi oedd – fod ganddo fo dŷ o hyd yn Rochdale."

"Fedar dy Bethan di gael hyd i gyfeiriad y tŷ hwnnw?" gofynnodd Arthur.

"Mi ofynna i iddi hi."

"A pham yr ydw i eisio'r wybodaeth yma, meddet ti wrthyt dy hun? Wel, ar hyn o bryd, 'alla i ddim deud wrthyt ti," meddai Arthur. "Ond mi ddweda i wrthyt ti rywbryd!"

Chwarddodd Gwyneth, a dweud, *"Big deal!"*

Prin fod Arthur wedi dod i mewn trwy ddrws ei dŷ nad oedd Jenni yn ei gyfarfod ac yn gofyn iddo am hanes y dyn o Landdonaw.

"Gwybodaeth lawn," meddai Arthur wrthi. "Enw'r dyn: Morgan Flint. Ei gyfeiriad o yn Llanddonaw: Trem y Don, Ffordd Ucha. A'i gyfeiriad o yn Rochdale: Cant Tri Deg Dau, Seebohm Drive. Wn i ddim faint callach ydym ni chwaith."

"Mi awn ni yno," meddai Jenni, yn bendant iawn.

"I Rochdale? Ond i be'n eno'r tad?" meddai Arthur. "Y tebyg ydi na welwn ni, ac na chlywn ni ddim byd byth eto."

"Mi awn ni," meddai Jenni.

Y dydd Sadwrn canlynol hymiai eu car o ogledd Cymru ar hyd yr A55 a'r M56 am Rochdale. Erbyn iddi fynd yn weddol ddyrys, roedd eu map bras yn fuddiol iawn, yn eu cyfarwyddo ar eu llwybrau.

"Dyma hi'r ffordd, Seebohm Drive," meddai Jenni. "Lle distaw. Neb o gwmpas."

"Ganol pnawn hefyd," meddai Arthur,

"Chwarter wedi dau," meddai Jenni, gan edrych ar ei watj.

"Tai nobl … Dyma rif Cant. Cant a Dau. Dyma'r

cyfeiriad iawn ... Cant Dau Ddeg Pedwar ..." meddai Arthur.

"Nacw ydi-o. Cant Tri Ddeg Dau Seebohm Drive," meddai Jenni.

"Dyma ni, felly, wedi cyrraedd," meddai Arthur. "Be nesa ydi'r cwestiwn mawr."

"Mynd i guro ar y drws, siŵr iawn," meddai Jenni.

"Dim ffiars o beryg," meddai Arthur.

"Mi a' i fy hun 'te."

"Unwaith eto, Gymry annwyl!" ebychodd Arthur.

Daeth y ddau o'r car a cherdded ar hyd rhodfa raean at ddrws ffrynt y tŷ.

"Lle digon o faint," meddai Arthur. "Ond rhyw le digon tywyll. Yr holl goed 'ma o'i gwmpas o ..."

"Cana'r gloch yna, cariad!" meddai Jenni.

Canodd Arthur y gloch. Bu saib ddistaw, hir.

"Unwaith eto, del," gorchmynnodd Jenni.

Dyma ganu'r gloch eto, a'i chlywed yn trillian rywle yng nghrombil y tŷ.

"Neb adra – diolch byth!" meddai Arthur.

"Ond y mae rhywun adra," meddai Jenni'n ddifrifol. "Sbia yn y ffenest yna."

"O na! Yr hogan bach."

"Mewn ffrog goch ..." meddai Jenni. "Ac y mae'r drws yn agor."

"Does 'na neb yma," meddai Arthur.

"Mae 'na rywbeth rhyfedd yma," meddai Jenni. "mae'n rhaid fod yna bwrpas i hyn. Mi awn ni i mewn."

"I mewn! Wyt ti'n gall! Torri i mewn i dŷ!" protestiodd Arthur.

"Sbia eto," meddai ei wraig wrtho. "Mae hi ar ben y grisia, ac mae hi'n gwneud arwydd – mae hi eisio i ni fynd i fyny."

"Mewn difri, Jenni . . ."

"Dwi'n mynd," meddai hithau.

"Paid!" meddai Arthur, mewn anobaith, yna ebychodd, "Pengaled!"

Ac i mewn i'r tŷ yr aethon nhw, a mynd i fyny'r grisiau, fel lladron.

"Mae hi'n mynd ffor'cw. At ddrws y llofft acw," meddai Jenni.

Ond, yn sydyn, doedd yr hogan bach ddim yno.

"Lle'r aeth hi?" gofynnodd Arthur.

"Mae'n rhaid ei bod hi yn y stafell yma," meddai Jenni. "Agora'r drws."

"Agor y drws!"

"Mi wna i 'te," meddai Jenni.

"Na wnei, mi wna i," meddai Arthur.

Erbyn hyn roedd rhyw oerni rhyfedd yn y tŷ. Cydiodd Arthur yn nwrn y drws a'i droi, a gwthio'r ddôr. Agorodd. Trawwyd y ddau gan chwythad oer, oer, o wynt. O'u blaen, fel mewn ffilm fud – heb siw na miw – mi welson nhw fwrdd a dodrefn yn cael eu hyrddio drosodd. Roedd yno wraig, ac yr oedd yno hogan bach, mewn ffrog wen. Er na ddôi unrhyw sŵn o'u cegau, fe wyddai Arthur a Jenni eu bod nhw'n sgrechian, yn sgrechian fel y bod hwnnw yn llun enwog Munch. Yna fe welson nhw ddyn, yn amlwg yn feddw, yn bwrw'r ferch fach yn erbyn un o'r waliau. Y mae'r wraig, yn wallgo gan ofn a dicter yn ceisio, ceisio atal unrhyw ymosodiad pellach ar yr eneth, ac yn gafael mewn siswrn a gwanu'r dyn yn ei ysgwydd. Y mae yntau'n troi ar y wraig, yn cydio mewn cadair ac yn taro'r wraig drosodd a throsodd gyda hi. Y mae gwaed yn sblashio hyd y lle, ac y mae ffrog wen yr hogan bach erbyn hyn yn glytiau coch o waed. Yna, dyma'r cyfan yn diflannu, a dim ond mudandod yr holl gythrwfl yn para.

"O! . . . O! . . . O!" ochneidiodd Jenni, wedi ei syfrdanu.

"Tyrd . . . Tyrd wir . . . O 'ma." meddai Arthur. "Fo oedd o."

Rhuthrodd y ddau allan gynted ag y gallen nhw, i mewn i'r car a chloi'r drysau. Yr oedd y stryd mor wag â phan oedd hi pan ddaru nhw gyrraedd, ac yn dawel, dawel. Wedi iddyn nhw gael eu gwynt atynt a llonyddu rhywfaint, meddai Jenni, "Rŵan y **mae** arna'i ofn . . . Ond, ofn neu beidio y mae'n rhaid inni wneud rhywbeth."

"Mae 'na rywbeth dychrynllyd wedi digwydd yma," meddai Arthur. "Be allwn ni ei wneud? – wn i ddim."

"Ar ôl y pethau ofnadwy yma 'welsom ni," meddai Jenni, "y mae'n rhaid inni wneud rhywbeth."

"Ofnadwy, yn sicir. Codi ofn ar rywun, yr un mor sicir. Ond . . . mae'r pethau yma'n anghredadwy, cwbwl anghredadwy. Beth fedrwn ni ei wneud? Dyma ni, wedi bod yn nhŷ rhywun: wedi torri i mewn i'r lle! . . . Fydd hi ddim yn hawdd gwneud dim byd."

"O leia mi fedri di drio, trio cael rhyw wybodaeth – ffeilia plismyn, papura newydd; mi wyddost yn well na fi. Neu chysgwn ni ddim byth eto. Mae'r dyn yma'n byw yn Llanddonaw!"

"Pryd y digwyddodd y petha yma ydi'r cwestiwn," meddai Arthur.

"Tria tua deugain mlynedd yn ôl," awgrymodd Jenni.

"Be wedyn?" gofynnodd Arthur.

"Mi boenwn ni am hynny pan ddaw'r 'wedyn' hwnnw," meddai Jenni.

Rai dyddiau'n ddiweddarach, roedd Arthur Hefin yn ei swyddfa, yn cael gair â'i ysgrifenyddes.

"Ac mi gest ti hyd i'r hanes?"

"Mi ddaeth yr wybodaeth yma trwy e-bost," meddai

Gwyneth. "Hanes annymunol iawn hefyd. Gobeithio nad hyn oeddech chi'n chwilio amdano fo drwy holi am y dyn yna yn Llanddonaw?"

"Nid yn hollol," meddai Arthur. "A dim gair wrth neb am y mater yma."

"Ond mi dorrodd rhywun i mewn i'r tŷ yma, yn Rochdale, lladd yr hogan bach, a'r fam, a hanner lladd y llysdad," meddai Gwyneth.

"Hm," oedd yr unig sylw a wnaeth Arthur.

"A ddaliwyd neb," ychwanegodd Gwyneth.

"Ddim eto, Gwyneth," meddai Arthur.

"Ydych chi erioed yn gwybod pwy ddaru wneud y pethau dychrynllyd yma?" gofynnodd Gwyneth.

"Nac ydw, dydw i ddim," meddai Arthur yn bendant. "A does neb arall yn gwybod chwaith."

"Ond y fo . . ." dechreuodd Gwyneth.

"Neu hi. Y fo neu hi," meddai Arthur.

"Pwy 'te. Pwy, mewn difri, sa'n gallu gwneud y fath beth?"

"Gormod ohonom ni, Gwyneth bach, gormod ohonom ni," meddai Arthur yn fyfyrgar. Yna, ar ôl saib, fe ddywedodd, "Mi a' i draw i gael gair efo'r dyn truan yna yn Llanddonaw."

Ond aeth o ddim.

"Dwn i ddim beth i'w gredu, wir," meddai Arthur wrth ei wraig wedi mynd adref. "Yn ôl yr adroddiada, mae'r plismyn yn derbyn mai rhywun dorrodd i mewn i'r tŷ, lladd ei lysferch o a'i wraig, a'i anafu fo."

"Ond mi wyddom ni'n wahanol, on' gwyddom," meddai Jenni. "Mi welsom ni be ddigwyddodd."

"Mi welsom ni rywbeth na fasai neb call yn ei goelio," meddai Arthur. "Rhaid iti drio gweld sut y byddai stori fel yma'n edrych i rywun normal – heb sôn am y peryg o enllib i ni pe baem ni'n agor ein cegau."

"A dyna derfyn yr helynt felly!" meddai Jenni'n ffrom.

"Dyna'r terfyn, o safbwynt pobol normal," meddai Arthur. "Er – cyn iti ddweud dim ymhellach – yr ydw i, wrth reswm, yn meddwl fod yna rywbeth rhyfedd iawn yma."

"Rhyfedd! 'Faswn i feddwl hefyd," meddai Jenni. "Ac fe fydd yn rhaid inni wneud beth bynnag allwn ni i ddod at wraidd y dirgelwch yma."

"Efallai wir," meddai ei gŵr.

Y diwrnod wedyn roedd Arthur a Jenni wrthi'n cael eu cinio gyda'r nos, gan hanner gwrando ar Newyddion S4C. Yn y newyddion lleol syfrdanwyd y ddau gan luniau o dŷ Morgan Flint yn Llanddonaw gyda rubanau wedi eu gosod o'i gwmpas gan blismyn – i gadw pobol draw. "Brawychwyd trigolion pentref bach Llanddonaw, yng Ngwynedd, y bore yma pan ddarganfuwyd corff yn y tŷ hwn. Yr oedd y gŵr, nad yw wedi ei enwi eto, ynghanol ei drigeiniau, ac wedi ymsefydlu yn yr ardal ers tua dwy flynedd. Y mae'r plismyn yn trin ei farwolaeth gyda meddwl agored, ar hyn o bryd. Yn ôl y bras amcan a gawsom ni ynghylch ei farwolaeth, tybir iddo farw dydd Sadwrn diwethaf, ryw ben yn y pnawn."

Aeth y gohebydd yn ei flaen wedyn i sôn am yr ardal.

"Glywaist ti hyn'na! Mae o wedi marw!" meddai Jenni.

"Neu wedi cael ei ladd," meddai Arthur.

"Ond pnawn dydd Sadwrn y maen nhw'n meddwl iddo fo farw," meddai Jenni.

"Hynny ydi, pan oeddem ni'n gweld beth bynnag welsom ni yn y tŷ yna yn Rochdale," meddai Arthur.

"Yn union felly," meddai Jenni, "Yn union felly."

"Dyna ben ar y mater yna, felly," meddai Arthur. "All neb wneud dim byd bellach."

"Dim byd," meddai Jenni.

Yn sydyn sylwodd Arthur fod ei wraig yn syllu'n daer trwy ffenest fawr y gegin.

"Sbia . . . sbia . . . y tu allan i'r ffenest," meddai hi.

Trôdd Arthur, a oedd â'i gefn ati i edrych.

"Yr hogan bach!" meddai.

"Ond y mae hi mewn ffrog . . . wen," meddai Jenni. "Mae hi'n codi ei llaw."

"Ac yn mynd . . . am byth, gobeithio," meddai Arthur.

"**Mae** hyn'na ar ben rŵan," meddai Jenni. "Ar ben am byth."

"Sut y gwyddost ti?" gofynnodd Arthur.

"Am fy **mod** i'n gwybod," atebodd Jenni.

Araf ddiflannodd yr hogan bach, ond gellid gweld nad oedd hi, bellach, ddim yn drist.

Y noson honno, yn y gwely, dyma Arthur Hefin yn dweud wrth ei wraig.

"Wy'st ti be; rydw i wedi bod yn meddwl. Mae 'na un peth òd iawn wedi fy nharo i, cyd-ddigwyddiad rhyfedd iawn. Wyddost ti ar ba ddyddiad y lladdwyd yr hogan bach?"

"Na wn i. Pryd?"

"Y degfed o Fawrth, Un Naw Chwe Naw."

"Y degfed o Fawrth, Chwe Deg Naw!" meddai Jenni. "Ond dyna ddiwrnod geni'n Delyth ni."

Ysbryd
Plas y Coediwr

Gan fod disgyblion y Chweched yn Ysgol Syr James Overton am fynd ar ymweliad â Sain Ffagan, trefnodd y Prifathro fod Lewis Price, a oedd yn dipyn o arbenigwr ar lên gwerin yn dod draw i gael gair efo nhw cyn iddyn nhw fynd am Gaerdydd. Bu Lewis Price yn sôn am rai o chwedlau gwerin yr ardal, peth o hanes hynodion yr ardal, a gorffennodd trwy ddweud gair am hen ofergoelion – pethau fel hwtian tylluan yn argoel o farwolaeth rhywun oedd yn berthynas neu'n gydnabod i'r sawl oedd wedi clywed yr hwtian hwnnw; a 'toili', sef rhith o angladd, lle y deuai rhywun ar draws angladd drychiolaethus yn y nos ac, o sylwi ar y rhai oedd yn dilyn yr hers ac yn galaru, yn gallu dweud yn nheulu pwy y byddai'r angladd yn digwydd yn y man.

Ar ôl i Lewis Price orffen ei sgwrs, cafwyd cwestiynau a thrafodaeth ar yr hyn a draddodwyd. Yr oedd disgyblion Gwyddoniaeth y Chweched yn gwrtais-feirniadol o unrhyw fath o ofergoeliaeth, a neb yn fwy felly na Jac Humphreys, disgybl disglair yn y Chweched Isaf.

"Onid cynnyrch anwybodaeth ydi'r holl ofergoelion yma, Mr Price?" gofynnodd. "Bellach yr ydym ni wedi dechrau holi'n fanylach ynghylch pethau, a chwilio'n rhesymegol ynghylch y byd a'i bethau."

"Digon gwir," meddai Mr Price. "Roedd pobol, yn

enwedig pobol y wlad, yn barod iawn i weld rhyw arwyddocâd goruwchnaturiol, yn enwedig os oedd yna bethau anarferol yn digwydd. Er enghraifft, petai ceiliog yn canu tua hanner nos, yn lle'n gynnar yn y bore yn ôl ei arfer, byddai'r hen bobol yn meddwl fod yna ryw ystyr rhyfedd i hynny, ac yn dweud ei fod o'n argoel o farwolaeth."

"Y mae yna esboniadau rhesymol i bob peth felly?" gofynnodd Jac.

"I'r rhan fwyaf o bethau," meddai Mr Price ond, ar ôl saib, ychwanegodd, "ond nid i bob peth."

"Wnewch chi ddweud wrthym ni pam yr ydych chi'n dweud hyn'na?" gofynnodd Jac.

"Wel, dydi hi ddim yn hawdd imi sôn am hynny," meddai Mr Price. "Ond mi gefais i brofiad digon rhyfedd, profiad y mae llawer iawn o bobol eraill wedi'i gael." Oedodd am ennyd, fel pe bai'n meddwl a oedd am fynd yn ei flaen i ddweud ei stori ai peidio, yna dywedodd, "Beth amser yn ôl, fe drawwyd cyfaill imi'n wirioneddol wael, a bu'n rhaid ei ruthro fo i'r ysbyty, a mynd â fo am lawdriniaeth yn y fan a'r lle. Wel, coeliwch neu beidio, mi ddwedodd o iddo deimlo fel petai o'n codi oddi ar y bwrdd yn y theatr, ac yn edrych i lawr ar yr hyn oedd yn mynd ymlaen yno – y driniaeth oedd yn digwydd i'w gorff o'i hun. Roedd o'n clywed y criw meddygol yn siarad efo'i gilydd. Yna mi deimlodd ei hun yn mynd allan o'r theatr ac i mewn i stafell gerllaw lle'r oedd ei wraig o, un o'i blant o, a finnau'n disgwyl am newyddion amdano fo. Mi glywodd yn glir yr hyn roeddem ni'n ei ddweud wrth ein gilydd. Yna mi deimlodd ei hun yn mynd yn ei ôl i'w gorff. Y peth od ydi ei fod i wedi adrodd yn ôl wrth y tîm meddygol eu sgwrs nhw – a'u synnu nhw – ac wedi adrodd yn ôl sgwrs ei wraig a'i fab a finnau. Roedd y cyfan yn union fel y dwedodd o wrthym ni. Dyna un rheswm pam y dwedais i mai dim ond i 'bron bob peth' y mae yna esboniad rhesymol. Mae croeso ichwi beidio â nghredu i, wrth gwrs."

"Y mae hyn'na'n brofiad rhyfedd iawn, Mr Price, ond rydw i'n siŵr y bydd yna esboniad rhesymol ar hyn'na hefyd, yn y man," meddai Jac.

Yma anghytunodd amryw o'r dosbarth ag o, ac yr oedd rhai o'r merched yn wfftio at ei agwedd hollol resymegol a gwyddonol o. Cyn i'r cyfarfod ddod i ben, dywedodd Mr Price un peth arall, "Am brofiad anesboniadwy o ddaioni y soniais i: gobeithiwch, yn wir, na chewch brofiad anesboniadwy o ddrygioni."

Yng ngwyliau'r haf penderfynodd Jac fynd i chwilio am waith er mwyn gwneud tipyn o arian. Doedd fawr ddim byd i'w gael yn yr ardal lle'r oedd o'n byw. Bu'n cadw golwg am rywbeth priodol pan welodd o'r hysbyseb a ganlyn ym mhapur wythnosol ei sir:

> **YN EISIAU**, o 16 Gorffennaf trwy fis Awst, gŵr ifanc i helpu gyda'r garddio a mân swyddi eraill o gwmpas tir ystad fechan. Ymofynner â Bocs 338X

Ymofynnodd Jac â'r Bocs hwnnw, a chafodd ateb o 'Plas y Coediwr, Rhiwnant', sef rhyw ddeugain milltir o'r pentref lle'r oedd o'n byw. Penderfynodd dderbyn y swydd, er nad oedd y cyflog yn uchel iawn, yn enwedig gan y byddai'n cael ei gadw yn y plas tra parhai'r swydd. Yr oedd ei benwythnosau'n rhydd, o nos Wener tan nos Sul. Trefnodd yntau fod ei dad neu'i fam yn dod i'w nôl ar nosau Gwener ac yn mynd ag o'n ei ôl nosau Sul. Ond ar y bws cynnar yr aeth Jac am Riwnant y bore Llun pan oedd i fod iddechrau ar ei waith.

Ar gwrr pentref Rhiwnant yr oedd Plas y Coediwr.

Doedd o ddim yn blas mawr iawn; yn hytrach, roedd o'n debyg i ficerdy go nobl. O gerrig lleol yr oedd y plas wedi ei godi ac yr oedd hen lechi tewion ar ei do. Roedd bryn heb fod ymhell o gefn y plas, a nifer o goed derw'n tyfu ar un ochor iddo. Cysgodai'r bryn a'r coed y plas rhag y gwyntoedd mwyaf arferol yn ei leoliad. O flaen y plas yr oedd lawnt helaeth gyda gwelyau blodau ar y naill ochor a'r llall iddi. Ymhellach draw yr oedd gardd lysiau sylweddol wedi ei chysgodi rhag gwyntoedd gan waliau eithaf uchel.

Roedd yna dai gwydr yn yr ardd hefyd. Beth ffordd i lawr oddi wrth ffrynt y plas yr oedd cwm bas a llyn. Yma ac acw o gwmpas y lle roedd yna goed derw sylweddol.

Dywedid fod rhan o'r plas yn dyddio o yn gynnar yn yr ail ganrif ar bymtheg, ond doedd yr un hanesydd a chanddo wybodaeth am bensaernïaeth wedi bwrw golwg iawn ar y lle. Fel gydag amryw dai eraill o'r cyfnod y codwyd y plas roedd yna chwedlau – hollol ddi-sail – fod Oliver Cromwell wedi cysgu yno.

Cerddodd Jac ar hyd ffordd galed ond un hen wyneb o dar macadam arni at y plas. Roedd ei fag, erbyn hyn, yn drymach nag oedd o pan afaelodd o ynddo fo'n dalog i gychwyn o'i gartref. Cyrhaeddodd ddrws ffrynt y plas a churo'r drws efo dwrn nobl ar lun pen llew. Ar ôl ysbaid, agorodd y drws. Yno'n wynebu Jac yr oedd gwraig tua hanner cant oed, un ddymunol yr olwg, a ymddangosai fel pe bai wedi gadael rhyw swyddan ar ei hanner i ateb y drws.

"Bore da, Jac Humphreys ydw i. Fi sy i ddod yma i weithio."

"Wel, mae'n dda gen i eich bod chi wedi gweld eich ffordd yn glir i ddod yma, Jac Humphreys," meddai'r wraig. "Nel Davies ydw i. Fi sy'n cadw'r tŷ, fi a 'ngŵr,

Tomos. Dowch i mewn. Mi wna i baned ichi rŵan. Mi fydd Tomos yma gyd hyn hefyd."

Gadawodd Jac ei fag yn y cyntedd a dilynodd Mrs Davies nes cyrraedd y gegin, a oedd yn llawn o aroglau cynnes coginio. Hwyliodd hi i wneud paned. Ymhen tipyn cyrhaeddodd ei gŵr. Roedd o tua'r un oed â'i wraig, o daldra cymedrol, a golwg wydn, gyhyrog arno. Cafodd pawb baned o de a theisen.

"Ac yn yr ysgol yr ydych chi felly?" holodd Tomos Davies.

"Ie. Mi fydda i'n sefyll arholiad Lefel A y flwyddyn nesa," meddai Jac.

"Am fynd i'r coleg, debyg?" holodd Mr Davies.

"Ydw, am wn i," meddai Jac.

"Dowch, tamaid arall o deisen," hwrjiodd Mrs Davies.

"Diolch yn fawr. Mae hi'n deisen ardderchog," meddai Jac, ac yna gofynnodd, "Chi biau'r lle yma?"

"O nage," meddai Nel, "cadw'r lle'r ydym ni. Tŷ diwydiannwr o Loegr ydi hwn. Mi ddaw yma ryw ben dros yr haf, ac mi ddaw yma ar ei hynt i fwrw Suliau ar adegau eraill o'r flwyddyn hefyd."

"Fo, nid ni, ydi'ch cyflogwr chi," meddai Mr Davies.

"O," meddai Jac, yna gofynnodd, "Yma'r ydych chi'n byw drwy'r adeg?"

"O ie," meddai Mrs Davies. "Mae yna ran o'r tŷ ar ein cyfer ni, a rhan ar gyfer Mr Saunderson – fo ydi'r diwydiannwr – a'i deulu."

"Mae o'n lle braf iawn," meddai Jac.

"Ydi, mae o. Rydym ni'n ffodus iawn," meddai Mr Davies, "ond y mae yma gryn dipyn o waith i ddau, rhwng pob peth. Rydw i'n dal y tir sydd nesa at y plas, fferm fechan – cadw defaid a gwartheg magu."

"Dyna'r gwaith heblaw y garddio felly," meddai Jac.

"Garddio a thrwsio, a chadw'r lle'n deidi," meddai Mr Davies.

"Wel dowch rŵan te, Jac," meddai Mrs Davies, "Mi a' i â chi i'ch llofft, ac mi gewch fynd allan efo Tomos wedyn i weld y lle, a gweld beth fydd gofyn ichi ei wneud."

A dyna fu. Setlodd Jac yn braf ym Mhlas y Coediwr ac yr oedd yn cyd-dynnu'n iawn efo Mr a Mrs Davies. Dechreuodd fynd draw i bentref Rhiwnant gyda'r nosau, a gwnaeth ffrindiau yno. Yn rhyfedd iawn, gofynnai amryw o'r ffrindiau hyn a oedd popeth yn iawn yn 'yr hen le 'na'. Am fod hyn wedi digwydd nifer o droeon, gofynnodd Jac i un o'i ffrindiau newydd beth allai fod o'i le ym Mhlas y Coediwr. Yr ateb a gafodd o oedd: "Mae 'na ysbryd yno". Methodd Jac ymatal rhag chwerthin.

Ond, ar ei ffordd yn ôl i'r plas y noson honno, rhag ei waethaf teimlai Jac ychydig bach yn anesmwyth. Penderfynodd sôn am y mater wrth Mr a Mrs Davies, ar ôl cyrraedd y tŷ. Y noson honno, yn y gegin braf, gartrefol, dywedodd, "Wyddoch chi be ddwedodd rhywun wrtha i yn y pentre? Dweud fod yma ysbryd."

Edrychodd Mr a Mrs Davies ar ei gilydd. Yna gofynnodd Tomos Davies iddo, "Ydi'r sôn yma wedi dy ddychryn di?"

"Ddim o gwbwl," atebodd Jac. "Dydw i ddim yn credu mewn ysbrydion. Sut y gallai fod yna ysbrydion?"

"Mae'n dda dy glywed di'n deud hyn'na," meddai Mrs Davies.

"Be ydi'r sôn?" gofynnodd Jac.

"Wel . . . a deud y gwir, nid sôn yn unig ydi o," meddai Mrs Davies.

"Rŵan Nel, does dim eisio dychryn yr hogyn," meddai Mr Davies.

"Ydych chi rioed yn deud fod yma ysbryd?" gofynnodd
Jac.

Bu saib am ychydig eiliadau.

"Waeth iti ddeud ddim, Tomos," meddai Mrs Davies.

"Wel," meddai Mr Davies, "rhywbeth od sy yma. A dim
ond mewn un stafell y mae hynny. Rydym ni wedi bod
yma, rŵan, ers deng mlynedd ac wedi cael perffaith
lonydd."

"Perffaith lonydd oherwydd nad ydym ni ddim yn
ymyrryd â'r un stafell yna – ar wahan i roi tro ynddi hi bob
hyn-a-hyn, yng ngolau dydd, i gadw'r lle'n weddol dwt,"
meddai Mrs Davies. "Fel yna, does 'na ddim byd i'w ofni."

"Ydych chi, yn wir, yn credu mewn ysbrydion!" meddai
Jac.

"Rydym ni'n credu yn hwn, beth bynnag," meddai Mr
Davies.

"Ond does dim rhaid ichi fod ag ofn o gwbwl," meddai
Mrs Davies. "Hen dro iddyn nhw ddeud wrthych chi yn y
pentre am y peth o gwbwl. Mi fuasai popeth yn iawn oni
bai am hynny. Taech chi'n gwybod dim, aech chi ddim i hel
meddyliau."

"A' i ddim, Mrs Davies," meddai Jac yn bendant. "Dydw
i ddim yn credu mewn ysbrydion, a dyna ben arni."

"Dyna fo 'te. Rwyt ti'n gall iawn i beidio â chredu,"
meddai Mr Davies.

"Ond cadwa di o'r stafell yna 'run fath," meddai Mrs
Davies.

"Pa stafell?" gofynnodd Jac.

"Dyma ni eto – mi fuasai popeth yn iawn 'taet ti'n
gwybod dim," meddai Mrs Davies. "Rhaid iti fwrw'r peth
o dy feddwl; anghofio dy fod ti wedi clywed dim am y
peth."

"Wnei di ddim dechrau meddwl am fynd o'ma rŵan, gobeithio," meddai Mr Davies.

"O'ma!" ebychodd Jac. "Na wnaf, siŵr iawn. Rydw i i fod yma tan ddiwedd Awst, ac yma y bydda i hefyd, os ydych chi am fy ngadw i yma."

"Wel, wrth gwrs," meddai Mrs Davies.

"A dyna ben ar hyn'na 'te," meddai Mr Davies, wedi cael rhyw ryddhad.

"Ond pa stafell ydi hi?" gofynnodd Jac.

"A! Chwilfrydedd!" meddai Mrs Davies.

"Yr un ar y dde wrth ddod i mewn trwy'r drws ffrynt. Mae hi dan glo," meddai Mr Davies.

"Iawn," meddai Jac, "Dyna inni ben, go iawn, ar y mater yna."

Aeth pethau yn eu blaen fel y buon nhw. Ceisiodd Jac holi mwy am y stafell unwaith neu ddwy, ond doedd Mr a Mrs Davies ddim yn fodlon dweud fawr mwy na bod yna 'rywbeth rhyfedd' yno, a'i gadael hi ar hynny. Doedd yna ddim ychwaneg o'r stori i'w chael.

Daeth Mr Saunderson, perchennog y tŷ, a'i wraig draw yn niwedd Gorffennaf, ac aros yno am dair wythnos solat. 'Ddaeth Jac ddim i'w hadnabod nhw'n dda gan nad oedd o'n taro arnyn nhw'n aml. Ymddangosai'r ddau'n bobol ddigon dymunol, ond eu bod nhw'n cadw iddyn nhw'u hunain. Ar ôl iddyn nhw ymadael, ar ddydd Iau, a hithau'n tynnu at ddiwedd Awst, daeth Jac i'r tŷ yn weddol hwyr un prynhawn i chwilio am ddiod o ddŵr. Daeth i'r gegin trwy'r drws cefn, yn ôl ei arfer, a gweiddi, "Mrs Davies . . . Mrs Davies . . . Oes 'ma bobol?" Doedd Mrs Davies ddim yno. Ar ôl tynnu ei esgidiau cryfion aeth Jac drwy'r gegin a gweiddi eto, "Mrs Davies!"

Gwrandawodd yn astud am ateb, ond doedd yno ddim

ond distawrwydd trwm fel petai o'n cau amdano. "Os gwn i ydi hi yn y llofft," meddai Jac wrtho'i hun. Aeth o'r gegin ar hyd y cyntedd llydan at droed y grisiau, a gweiddi eto, "Mrs Davies, Mrs Davies". Sylwodd fod yr hwfer wrth y wal yn y cyntedd. Aeth ato, sef gyferbyn â drws y stafell oedd dan glo. "Mrs Davies," gwaeddodd eto. Distawrwydd. Yna'n sydyn daeth chwa oer, oer o rywle. Trôdd Jac i wynebu drws y stafell dan glo. Ond yr oedd y drws yn gil agored, a'r allwedd yn y clo. Gwaeddodd Jac eto, "Mrs Davies, yna'r ydych chi?" Distawrwydd llethol eto, rhyw ddistawrwydd oedd fel petai o'n pwyso ar ddiwedd y prynhawn braf o haf. Roedd yna lonyddwch rhyfedd drwy'r tŷ. Dechreuodd Jac deimlo'n oer drwyddo. Yna daeth rhwy sibrwd iasol yn dweud, "Yma."

"Mrs Davies, yna'r ydych chi . . ." meddai Jac eto. "Chi siaradodd rŵan? Yn fan'na'r ydych chi?" gofynnodd.

Yna dechreuodd amau a oedd wedi clywed dim o gwbwl, ac arhosodd yn y distawrwydd mawr yn gwrando'n astud, astud. Daeth y sibrwd eto, "Yma."

"Chi sy 'na felly, Mrs Davies," meddai Jac, yn ceisio'i gysuro ei hun. "Yna'r ydych chi?"

"Yma . . . Yma." Dyna'r sibrwd eto.

Am ryw reswm teimlodd Jac awydd mawr i fynd i agor drws y stafell. Roedd fel petai'n cael ei dynnu, ei dynnu tuag ati, i fynd i mewn iddi. Cydiodd rhyw arswyd oer ynddo, ond fe deimlai ei draed, bron iawn ohonynt eu hunain, yn dechrau symud tuag at y drws. Daeth y sibrwd eto, "Yma . . . Rydw i yma." Symudodd yntau gam neu ddau at y drws, gan deimlo'i hun yn mynd yn oerach, oerach. Estynnodd ei law at y drws, rhoi ei law arno, a'i wthio'n dyner. Cafodd un cip ar rywbeth oedd y tu mewn, rhyw fod eithriadol o fain, fel petai o'n wlyb drosto, a chnawd – fel y tybiai Jac – yn hongian yn rhafliog. Agorodd geg erchyll, a oedd yn goch, goch. Yr oedd y sibrwd bellach yn daer iawn, iawn, "Yma. Yma. Yma."

Yna clywodd Jac lais Mrs Davies yn gweiddi o ddrws y gegin, "Jac, saf lle'r wyt ti. Paid â gwrando. Paid â gwrando. Er mwyn Duw, paid â gwrando."

Wrth iddi weiddi arno roedd Mrs Davies wedi thruthro at Jac. Yn awr gafaelodd yn ei fraich, a chaeodd ddrws y stafell yn gadarn, a rhoi tro pendant yn yr allwedd. Roedd Jac yn crynu'n aflywodraethus. Arweiniodd Mrs Davies o'n ei ôl i'r gegin, a'i osod i eistedd o flaen y stôf Aga. Yna rhoddodd y siôl oedd yn wastad ar gefn y soffa dros ei ysgwyddau. Cydiodd yn ei ysgwyddau ac edrych i fyw ei lygaid, a dweud drosodd a throsodd, "Jac, wyt ti'n iawn?"

Yn raddol, daeth Jac ato'i hun. "Chwilio ... chwilio amdanoch chi'r oeddwn i," meddai'n floesg. "Chwilio ... pan glywais i ..."

"Hitia befo rŵan," meddai Mrs Davies. "Mae popeth yn iawn rŵan, popeth yn iawn."

"Ond be oedd yna, Mrs Davies, be oedd yna?" gofynnodd Jac yn daer, daer.

"Mae'n well iti beidio â gwybod," meddai Mrs Davies. Wrth weld y lliw'n dychwelyd i'w fochau, ychwanegodd, "Rwyt ti'n dwad atat dy hun rŵan. Mi wna i baned iti ... ac y mae 'ma ddiferyn o frandi yn rhywle yn y cwpwrdd yma."

"Ond mi glywais i lais," meddai Jac.

"Do, debyg," meddai Mrs Davies.

"Roedd o'n fy nhynnu i, fy nhynnu i mewn," meddai Jac.

"Mae o'n gallu bod fel'na," meddai Mrs Davies. "Er na chlywais i erioed amdano fo'n gwneud dim byd yn ystod y dydd o'r blaen." Roedd sadrwydd Mrs Davies yn dechrau tawelu Jac.

"Fo? Be ydi'r 'fo' 'ma, Mrs Davies?" gofynnodd Jac.

"Wel, y peth 'na sydd yn y stafell . . . y peth 'na, beth bynnag ydi o," meddai Mrs Davies.

"Ysbryd?" gofynnodd Jac

"Pwy ŵyr?" meddai Mrs Davies.

"Mi welais i . . ." dechreuodd Jac ddweud, ond ni allai fynd yn ei flaen.

"Do, mi wn," meddai Mrs Davies. "Olion rhyw ddrwg ydi'r peth. Rhyw ddrwg wedi gadael ei ôl ydi o – dyna a ddywedodd offeiriad fuo yma ryw dro, er na allai o wneud un dim ynglŷn ag o. Ond cyn belled â'i fod o yna, yn fan'na a than glo, y mae popeth fel petaen nhw yn iawn. Ddaw o ddim o fan'na. Ddaw o ddim byth o fan'na."

Y dydd Gwener canlynol oedd diwrnod diwethaf Jac ym Mhlas y Coediwr. Daeth ei dad i'w nôl o tua saith. Teimlodd yn syth nad oedd ei fab yn hollol fel fo'i hun, ond ni ddywedodd ddim byd. Ffarweliodd Jac yn gynnes â Mr a Mrs Davies, gan ddiolch iddyn nhw "am bob peth". Wrth i'r car dynnu at ben draw'r ffordd oedd yn arwain o Blas y Coediwr, trôdd Jac yn ei ôl i sbio ar y lle, a dweud wrth ei dad, "Lle diddorol dad, pobol ardderchog." Yna ychwanegodd, "Rhyfedd o fyd." A dyna'r tro cyntaf i'w dad ei glywed yn dweud peth mor hen-ffasiwn.

Lleuad yn ola'

Trearddwr, tref sylweddol yng Ngwynedd. Y mae'n nos Sadwrn yn nechrau mis Medi, yn wythdegau'r ugeinfed ganrif. Y mae'n hwyr, a'r tafarnau'n cau. Y mae Kevin a Raymond, y ddau'n ugain oed, yn cerdded o'r dref am eu cartrefi, sydd ar ystad dai ar gyffiniau'r dref – taith o filltir a hanner allan. Y mae'n noson leuad lawn.

"Roedd y bastard yna'n lwcus," meddai Kevin, "aeth o allan, do. Wy'st ti."

"Y boi mwstash 'na," meddai Raymond.

"Ia, hwnnw," meddai Kevin. "'Sa fo wedi'i chael hi."

"Tjap 'tebol hefyd. Ar y môr medda'i fêt o wrtha fi," meddai Raymond.

"'Sa fo yn y môr taswn i wedi mynd allan ar ei ôl o," meddai Kevin.

"Aeth o allan efo'r hogan na'n do – Deborah," meddai Raymond. "Fuost ti efo honno'n do?"

"Ro's i'r gora iddi hi. Rhy blydi ffansi," meddai Kevin. "Siâp da."

"Siâp iawn," Kevin. "Eisio newid ei siâp hi o'n i."

Chwarddodd y ddau.

Daethant at fan lle y mae mynwent, mynwent ar lethr heb fod yn serth, llethr sy'n rhedeg at i lawr o'r ffordd. Y mae hi ar un ochr i gwm. Y mae'r ystad dai, lle y mae Kevin a

Raymond yn byw, ar yr ochor arall iddo. Y mae'r ddwy ochor hyn yn wynebu ei gilydd. Yng ngwaelod y cwm y mae afon, bur ddofn mewn mannau. Wrth ddod o'r dref at yr ystad dai, y mae'r ffordd yn mynd heibio i'r fynwent, ac i lawr at bont dros yr afon, ac yna'n codi eto i'r ystad.

"'Sgen ti ofn?" gofynnodd Kevin.

"Ofn be?" holodd Raymond.

"'Sgen ti ofn mynd i'r fynwant yma?"

"Rŵan!"

"Ia."

"Rŵan," meddai Kevin.

"Pam?"

"Jest meddwl."

"Be sy 'na imi fod ei ofn o?" holodd Raymond.

"Ysbrydion 'de," meddai Kevin, ac yna gwnaeth sŵn, "ŷ——ŷ," ffug-ddychrynllyd.

"Feri ffyni," oedd sylw Raymond.

"Be amdani 'ta?" gofynnodd Kevin.

"Mynd i fynwant at ysbrydion! Paid â siarad yn wirion."

"Ofn! Blydi petriffeid," meddai Kevin.

"Ty'd 'laen 'ta."

Cychwynnodd Kevin ddringo dros y ffens haearn.

"Does dim rhaid ichdi stryffaglio dros y ffens 'na, a chael sbeic i fyny dy din; mae'r giât yma'n agorad," meddai Raymond.

Aeth y ddau trwy'r giât; Raymond yn gyntaf. Ar ôl mynd trwodd, gollyngodd y giât a thynnwyd hi'n gaead-glep gan bwysau oedd yn hongian wrth jaen.

"Blydi hel, watjia!" meddai Kevin yn flin. "Jest iawn i'r giât yma gau ar fy llaw i."

Cerddodd y ddau am ychydig.

"Wel, be ydi point hyn?" gofynnodd Raymond, gan

siarad fymryn yn ddistawach nag arfer, am ryw reswm. "Dau dwmffat yn cerddad rownd fynwant. 'Sa rhywun yn ein gweld ni 'san nhw'n meddwl ein bod ni'n boncyrs."

"'San nhw ddim ymhell ohoni hi chwaith," cytunodd Kevin – yntau hefyd yn siarad fymryn yn ddistawach na'i arfer. Daliodd y ddau i gerdded nes iddynt ddod at fedd sylweddol.

"Sbia'n fan'ma," meddai Kevin. "Y bedd 'ma. Efo relings rownd o. Carrag fawr yn deud pwy sy 'ma, a llechan 'sa'n gwneud gwaelod da i fwrdd biliards drosto fo."

"A bloda gwyn, cogio bach, mewn gwydyr crwn," meddai Raymond.

"Roedd rhywun eisio gwneud yn sâff na fasa hwn byth y shifftio o'ma."

"Neu hon," meddai Raymond.

"Be ti'n feddwl?"

"Wel – hwyrach ma 'hi' sy yma."

"Mae hi'n fflat fel blydi brechdan bellach, efo'r holl bwysa 'ma," meddai Kevin.

"Hei, gad imi weld. CER . . . ID . . . WEN. Ceridwen: ia Ceridwen rwbath ydi hi. Marw yn 1886, dwi'n meddwl," meddai Raymond.

Yna dechreuodd Kevin afael yn un o'r pyst carreg oedd yn dal y reilings, a dechrau cesio'i symud.

"Hei, be 'lly!" ebychodd Raymond.

"Ysgwyd hwn, yli. Mae o'n rhydd," meddai Kevin, yn stryffaglyd o'i ymdrech.

"Paid â bod yn blydi ffŵl," meddai Raymond, yn flin.

"Mi ddaw o'ma," meddai Kevin.

"Hei!"

"Rydw i wedi codi un postyn."

"Paid."

"Gad imi."

"Uffarn dân!"

Gydag ymdrech arbennig cododd Kevin y postyn carreg yr oedd wedi ei ryddhau a'i fwrw ar y llechen fawr oedd dros wyneb y bedd.

"Ti wedi cracio'r llechan fawr 'ma!" meddai Raymond.

"A malu'r gwydyr bloda," meddai Kevin. Yna, wrth syllu ar y crac yn y llechen, ychwanegodd. "Mi all Ceridwen ddwad allan am dro bach rŵan." Chwarddodd yn dawel.

"Blydi ffŵl!" oedd unig sylw Raymond. Yna ychwanegodd, "Tyrd o'ma, rhag ofn i'r glas ddwad."

Ac aeth y ddau am adref.

Roedd Raymond adref ddau ddiwrnod yn ddiweddarach. Roedd ei fam yn arfer gwylio – neu hanner-wylio – Newyddion Cymru ar y teledydd. Yr oedd llais wrthi'n dweud fod y Prif Weinidog wedi mynd i Bruxelles i drafod dulliau o oresgyn terfysgaeth, ac yn y blaen. Yna daeth y newyddion Cymreig. Soniodd rhywun am alw am addysg ddwyieithog yn Nyfed. Ac yna daeth y geiriau, a hoeliodd sylw Raymond.

"Adroddiadau am fandaliaeth mewn mynwent mewn tref yng Ngogledd Cymru."

Ar ôl pytiau o gerddoriaeth ac adroddiadau o Bruxelles ac ati, daeth y newyddion yn ôl at y fandaliaeth mewn mynwent. Yr oedd Raymond yn glustiau i gyd. Daeth llun dyn, a daeth llais:

"Noswaith dda ichi. Dros y Sul fe gafwyd adroddiadau am fandaliaeth mewn mynwent yn Nhrearddwr, yng Ngogledd Cymru. Dyma adroddiad ein gohebydd, Siân Vaughan Hughes."

Safai Siân Vaughan Hughes wrth y bedd a ddifrodwyd gan Kevin, ac aeth llygad y camera i lawr a dangos y difrod, cyn codi a rhoi golwg lydan ar yr ardal, ac yna ddychwelyd at y gohebydd.

"Dywed trigolion Trearddwr eu bod wedi hen arfer â fandaliaeth yn y dref, ond y mae'r broblem wedi gwaethygu, medden nhw, yn ystod y flwyddyn ddiwetha. Mae yna graffiti ar waliau adeiladau cyhoeddus, a chynnwys buniau sbwriel yn cael ei daflu ar hyd y ffyrdd. Hyd yma dydi'r awdurdodau ddim wedi llwyddo i ddal y drwgweithredwyr. Anwen Williams fu'n dweud rhagor wrtha i am gwynion y bobol leol."

Sefydlodd y camera ei lygad ar Anwen Williams.

"Wel, y llafna ma te, yn taflu nialwch hyd bob man yn oria mân y bora, wedi meddwi ac yn creu helynt, a neb yn eu dal nhw. Eisio'u chwipio nhw'n iawn sydd. Sa hynny'n eu setlo nhw. Cael pethau'n rhy hawdd y maen nhw."

Dychwelodd y camera at Siân Vaughan Hughes:

"Yma, nos Sadwrn, fe wnaed difrod i fedd ym mynwent yr eglwys leol. Cafodd y gadwyn o gwmpas y bedd ei malu a dinistriwyd llechen ar y bedd ei hun. Y mae rhai'n credu mai dilynwyr rhyw gwlt dieflig sy'n gyfrifol. Dyma'r ficer lleol, y Parchedig Dafydd Evans."

Symudodd y camera ar ŵr cadarn, gyda wyneb cryf, a pheniad o wallt llwydaidd cryf, gŵr a oedd tua thrigain oed.

"Mae malu bedd fel hyn yn halogiad bwriadol, achos nid malu llechen yn unig a wnaed, ond dryllio llun y groes ar y llechen hefyd. Ond nid dyna'i diwedd hi, oherwydd yr oedd y groes yna wedi ei rhoi ar y llechen yn hollol fwriadol yn y lle cyntaf."

"Pam hynny?" holodd Siân Vaughan Hughes.

"Wel, roedd yna ryw goelion go ryfedd ynglŷn â'r wraig a gladdwyd yn y bedd yma, Ceridwen Ellis. Roedd pobol yn meddwl ei bod hi'n rhyw fath o wrach – witj te. Lol botes, wrth gwrs, ond dyna'r gred. Ac y mae yna sôn am bobol yn cyfrannu at gael y llechen yma ar ei bedd hi."

"Cyfrannu ym mha ffordd, felly?"

"Fe wnaed casgliad i gael y llechen yma a'i gosod hi ar y bedd."

"Gawson nhw sêl bendith y teulu i wneud hynny?"

"Wel, doedd yna fawr o deulu... Rhyw fodryb yn rhywle yn Lloegr, ac yr oedd honno'n reit falch o gael gwared o'r cyfrifoldeb o wneud dim â'r bedd – nac â'i nith."

"Ai awgrymu'r ydych chi fod yna ryw ystyr arbennig i'r difrod yma?" holodd Siân Vaughan Hughes.

"Wel ... y ... mae'n amlwg i mi fod yna ryw bobol – gyfeiliornus – yn gwybod am y Ceridwen yma, a'u bod nhw'n fwriadol wedi malu'r bedd fel arwydd o'u credoau paganaidd nhw eu hunain."

Yna aeth y newyddion yn ei flaen, a darfu diddordeb Raymond yn yr hyn a ddywedid.

Yr oedd Kevin a Raymond allan yn eu tafarn leol yn fuan wedyn.

"Welaist ti, ar y teli Cymraeg ac yn y papur am ddim hefyd, am y bedd 'na?" holodd Raymond.

"Fod yna ryw witj wedi'i chladdu yno. Blydi rybish!" oedd sylw Kevin.

"A bod y garrag yna dorraist ti i fod i'w chadw hi i mewn."

"Hy!" ebychodd Kevin.

"'Swn i'n cadw golwg ar y fynwant yna 'swn i'n chdi," meddai Raymond yn gellweirus.

"Dyna'r peth ola fydda i'n ei neud cyn clwydo bob nos a chau'r cyrtans ydi sbio drosodd o'r llofft ar y fynwant!" Ar ôl saib, ychwanegodd. "Chlywais i erioed y fath rwtj."

41

"Mae'r ficar yn deud dy fod ti'n treio codi ryw betha *pagan* – peth peryglus iawn medda fo."

"Ia, wel dyna iti ddangos gymaint o lembo ydi hwnnw. Ti'n dallt rŵan pam mae'i eglwys o mor wag."

Hunllef Kevin. Y mae hi'n noson loergan leuad. Y mae Kevin yn rhedeg i lawr o'i dŷ at yr afon. Yng ngwaelod yr allt, yn lle mynd dros y bont sydd yno, y mae'n troi oddi ar y ffordd ac yn dal i redeg, ar hyd y darn o dir glas sydd yno, at yr afon. Y mae'n methu stopio ac yn ei gael ei hun ynghanol yr afon mewn pwll. Y mae rhywbeth yn ei dynnu, ei dynnu i'r dŵr du. Yna, yn sydyn, y mae ar y lan yr ochor arall i'r afon ac yn dringo'r llethr yn brysur tua'r fynwent. Y mae'n sefyll wrth fedd, sef y bedd a ddinistriodd. Edrycha i lawr ar y llechen fawr a falodd. Yn araf, araf y mae darnau'r llechen yn dechrau gwahanu, gwahanu. Nofia wyneb gwyn, gwyn, hen iawn, a llygaid llym gwaedlyd ynddo i fyny'n araf o'r bedd, trwy'r crac yn y llechen, a oedd wedi lledu, lledu.

Deffrodd Kevin, "Uffern dân!" meddai.

Yna y mae'n mynd at ffenest ei lofft, ac yn agor y llenni. Y mae hi, fel yn ei hunllef, yn noson loergan leuad, a'r cwm i gyd yn llawn o oleuni gwelw y lloer.

"Breuddwyd!" meddai Kevin.

Y mae'r fynwent ar y bryn gyferbyn – beddau duon, distaw, llonydd. Symudiad. "Oes 'na rwbath yn symud?" meddyliodd Kevin. Rhywbeth du yn symud ymysg y beddau. "Na!" protestiodd Kevin yn uchel, "Dim byd." Ond dacw fo eto, rhyw ffurf, rhyw ffigwr tywyll yn symud yn ei gwman ymysg y beddau. Y mae'n dod at y bedd a ddifrodwyd, ac aros yno. Yna, yn araf, y mae'n graddol sythu. Y mae'n ffigwr ac iddo siâp dynol, neu debyg i ddynol; ac y mae amdano, hyd y gallai Kevin weld,

42

ddilladau llaes, llac, du. Y mae'n sefyll ar y bedd ac yn sythu i'w lawn faint, ac yn troi fel petai i wynebu Kevin. Yna y mae'n codi un fraich, yn araf, araf, a'i hestyn allan ac, fel y credai Kevin, yn ei chyfeirio ato fo. Yn glir iawn, clywodd Kevin lais fel pe bai wedi ei lusgo o grombil rhywbeth, yn floesg a dirdynnol, ond yn eglur yn dweud, yn araf ei enw:

"Kev-in." Caeodd Kevin ei lygaid, ac yna eu hagor wedyn, a syllu; ond doedd dim byd i'w weld yn y fynwent ond y beddau duon, distaw, llonydd dan olau gwelw y lloer.

Y mae'n 'noson allan' i Kevin a Raymond yn eu tafarn leol. Fel arfer, y mae'r lle yn swnllyd ac yn llon.

"Tyrd 'laen, 'chan; ti fel cnebrwn," meddai Raymond. "Yli, yfa hwn'na." Cyfeiria Raymond at y gwydyr sydd ar y bwrdd o flaen Kevin. "Yfa hwn'na ac mi a' i i nôl un arall ichdi."

"Ddim i mi," meddai Kevin, yn bendant.

"O, be sy? Rwyt ti fel'ma ers dyddia rŵan. Wyt ti'n sâl ne rwbath?"

"Be ti'n feddwl?"

"Wel, dwyt ti ddim yn chdi dy hun," meddai Raymond.

"Mae pawb fel'ma weithia, siŵr iawn," meddai Kevin.

"Wêl, os ti'n deud. Ond 'swn i'n chdi, 'swn i'n mynd i weld doctor."

"Blydi cwac."

Cododd Kevin ac ymlwybro at y drws, gan adael Raymond yn sbio ar ei ôl o'n hurt.

Y mae Kevin a Raymond yn cerdded am adref, yn hwyr, yn ôl eu harfer. Y mae hi'n ddechrau mis Hydref, ac yn noson leuad lawn. Y maen nhw'n awr yn mynd heibio'r fynwent.

"Ffansi tro bach rownd fan'ma eto" gofynnodd Raymond yn chwareus.

"Paid â bod yn wirion."

"Hm. Ofn?"

"Ofn be?"

"Ysbrydion 'de," meddai Raymond, a dechrau gwneud sŵn chwerthin ffilmiau arswyd.

"Paid â bod yn gymaint o blydi ffŵl, wnei di."

"OK, OK – dim ond jôc bach, 'chan," meddai Raymond. *"Keep your hair on."*

Edrychodd ar ei ffrind, a newidiodd ei dôn yn syth wrth weld yr olwg ar ei wyneb.

"Fan'cw," meddai Kevin.

"Yn lle?"

"Wrth y bedd hwnnw."

"Be. Hwnnw wnest ti ei falu?"

"Rwbath du."

"Rwbath du! Ti'n gweld petha. Cysgod sy 'na," meddai Raymond.

"Nace," meddai Kevin. Ac ar ôl saib dywedodd eto, "Nace."

"Kev . . . Kev . . . Be sy, be sy. Does na'm byd yna. Be sy?" gofynnodd Raymond.

Ond erbyn hynny, roedd Kevin yn rhedeg fel dyn o'i gof i lawr y ffordd am adref.

Ail hunllef Kevin. Y mae hi'n noson leuad lawn. Unwaith eto y mae Kevin yn rhedeg i lawr yr allt o'i dŷ. Unwaith eto, dydi o ddim yn mynd dros y bont, ond yn troi a rhedeg dros y tir glas at yr afon. Y mae o'n sefyll ar y lan, wrth bwll, ac yn edrych i'r dŵr du. Y mae yna rywbeth, neu rywun i lawr yn ddwfn yn y dŵr. Yna y mae'n dechrau dod yn dyner, yn dyner i fyny o'r dyfnder. Geneth ifanc ydi hi, geneth ifanc, dlos. Dechreua Kevin glywed yr un llais ag o'r blaen, y llais oedd fel pe bai wedi ei lusgo o grombil rhywbeth, yn floesg a dirdynnol, ond yn eglur yn dweud, yn araf ei enw, y tro hwn dair gwaith: "Kev-in . . . Kev-in . . . Kev-in." Y mae'r eneth ifanc yn nofio'n araf i fyny tua'r wyneb o'r dyfnder, ac yn gwenu. Y mae hi'n estyn llaw wen i Kevin ac yn ei wahodd. Y mae yntau'n estyn ei law ac yn gafael yn ei llaw hi. Y mae ei llaw hi'n cloi'n dynn ac yn galed am ei law o, a'r wyneb teg yn troi'n rhychau hen a'r croen arno'n dechrau darnio a phydru. Unwaith eto daw'r llais di-gnawd yn dweud, "Kev-in". Dechreua'r bod yn y dŵr dynnu Kevin, ei dynnu, ei dynnu, ei dynnu o dan y dŵr du. Yn y tywyllwch gwlyb hwn, deffra Kevin, ac arswyd yn gafael ynddo. Coda o'i wely, mynd at ffenest ei lofft, ac agor y llenni. Yng ngolau di-waed y lleuad y mae'n gweld y fynwent a'i beddau duon gyferbyn. Y mae'r lle'n gwbwl wag. "Dim byd. Dim byd yna," meddai Kevin yn hyglyw wrtho'i hun. Yna y mae'n edrych i lawr at yr afon. Ar ei ochor ef o'r afon, fel petai o wedi croesi drosodd o'r fynwent, y mae ffigwr du â dilladau llaes, llac amdano'n sefyll yn ei lawn faint, yn hir ac yn fain. Yna, yn araf, y mae'n codi ei ddwy fraich a'u dal allan yn wahoddgar at Kevin. Y tro hwn, nid rhan o hunllef Kevin oedd y llais gwag a ddywedodd ei enw yn araf: "Kev-in".

Disgo, swnllyd. Daw geneth ifanc ddel draw at Raymond, sydd yn sefyll yn y gwyll pelydrol, efo peint yn ei law.

"Haia," meddai hi wrtho. "Chdi ydi mêt Kevin 'de."

"Ia," meddai Raymond. "A Deborah wyt titha."

"Ew, tybad sut mae'r *hero*'r dyddiau yma?"

"Wel ddim yn ecstra, a deud y gwir."

"O'n i'n meddwl nad o'n i ddim wedi'i weld o o gwmpas. Be sy 'lly?"

"Dio'm yn deud. Dydi o'n deud fawr o ddim byd wrth neb."

"Kevin!" synnodd Deborah. "Nefi, oedd Kevin yn siarad trwy'r adeg; dio'm yn stopio i lyncu'i boeri."

"Mae rwbath yn bod arno fo. Mae o'n 'cau mynd at doctor. Mae o 'di newid . . . Falla y bydd o'n well - mae o 'di mynd i dŷ ei frawd yn Manchester ers pythefnos. Dod yn ei ôl fory."

"O, jest mewn pryd i Guy Fawkes," meddai Deborah. "Wel, cofia fi ato fe, del." A chyda'r geiriau yna ciliodd Deborah yn ei hôl i ganol y synau grymus, y goleuadau ysbeidiol, a'r hanner tywyllwch.

Y mae'n hwyr y nos yn nechrau Tachwedd. Y mae hi'n noson olau leuad, ond nad ydi hi ddim yn noson glir. Y mae gwynt, er nad gwynt cryf, yn chwythu, ac y mae cymylau'n symud yn ysbeidiol dros wyneb y lleuad, gan ei gwneud hi'n olau a thywyll am yn ail. Y mae Kevin yn ei wely'n cysgu, a photel wisgi, wag, ar y llawr wrth ochor ei wely. Cwsg anesmwyth ydi cwsg Kevin, ac y mae o'n mynd a dod o ganol breuddwydion erchyll. Dydi o ddim yn sicir pryd y mae o'n effro a phryd y mae o'n cysgu. "Yn y ffenast. Mae 'na rwbath yn y ffenast," meddai'n gymysglyd. Yna dechreua'r llais gwag ddweud ei enw, yn araf ac arswydus: "Kev-in . . . Kev-in."

"Dos o'ma," meddai Kevin yn hyglyw.

Ond dal i lefaru y mae'r llais.

"Does arna i mo d'ofn di'r bitj," meddai Kevin, gan ei orfodi ei hun i ymwroli. Y mae'n codi o'i wely, yn mynd gam a cham at y ffenest; yn aros yno, ac yna, gyda phenderfyniad sydyn, yn agor y llenni. Fel pe'n nofio'n dyner y tu allan i'r ffenest y mae geneth ifanc, dlos. Y mae ei gwallt melyn mawr yn chwifio'n dyner, fel gwymon mewn dyfnder dŵr. Y mae'r dillad ysgafn, gwyn sydd ganddi amdani'n swyo'n osgeiddiog o'i chwmpas. Gwena'n ymbilgar, ymbilgar. Estynna ei breichiau allan at Kevin.

"Tyrd yma 'ta. Tyrd 'ta. Does gen i . . . does gen i . . . mo d'ofn di. Y mae'r ffenast yn gorad," meddai yntau, gan geisio'i orau glas i gadw rheolaeth arno'i hun.

Yna, yn sydyn, y mae wyneb teg y ferch yn pydru'n benglog fudr, wedi ei hanner ddadgroenio. Y mae'r wisg wen yn troi'n ddilladach duon, hir; a'r breichiau gwynion yn troi'n grafangau esgyrniog, tywyll. Y mae hi'n llifo i mewn i lofft Kevin.

Miwsig, a hwnnw'n drymio i glustiau'r criw ifanc sydd yn y disgo. Y mae Raymond yn eistedd â'i ben yn ei blu, ar ei ben ei hun, ar gyrion y sŵn a'r goleuadau a'r dawnsio. Y mae'n clywed llais yn siarad yn ei glust.

"Haia Raymond," meddai Deborah wrtho.

"Helo Deborah," meddai yntau'n ddifywyd.

" O sori clywad am Kevin. O'n i'm yn meddwl ei fod o'n sâl fel'na," meddai Deborah.

"*Heart attack,*" meddai Raymond.

"Cael hyd iddo fo'n llofft!"

"Ei dad o'n cael ei ddeffro'n y nos. Sŵn mawr. Erbyn iddo fo gyrradd llofft Kev roedd o ar lawr."

"O!"

"Wedi codi o'i wely ac fel 'tasa fo'n pointio at y ffenast."

"Glywais i fod y ffenast 'di malu," meddai Deborah.

"Oedd. Rhyw ddiawl 'di taflu rwbath m'wn."

"O mae'n dychryn rhywun 'tydi, hogyn cry fath â Kevin. Mae'n ddychryn mawr i chdi, a chitha'n fêts," meddai Deborah.

"Fy mêt gora fi," meddai Raymond.

"O, bechod," meddai Deborah. "Ond odda chdi'n deud tro dwytha gwelis i chdi nad oedd o ddim yn iawn."

"Hyn oedd o 'de – yr *heart attack* 'ma . . . A neb yn gwbod. Kev yn gwrthod mynd at doctor. Ddudis i."

"Cnebrwn mawr?" meddai Deborah.

"Yr hogia i gyd yna," meddai Raymond. "Cnebrwn mawr iawn."

Digwyddodd y sgwrsio hwn i gyd ynghanol y sŵn, a'r pelydrau o oleuadau, a'r dawnsio llawn bywyd, a'r tywyllwch.

Y noson honno, ar ei ben ei hun y mae Raymond yn cerdded adref. Wrth y fynwent, y mae'n aros. Y mae'n ochneidio, a dweud, "Yr hen Kev. Blydi cês . . . Y bedd hwnnw." Y mae'n edrych tuag at y 'bedd hwnnw'. "Hei," meddai'n hyglyw wrtho'i hun, " mae 'na rwbath . . . du. Mae 'na rwbath du wrth y bedd."

Creaduriaid y nos

Y mae hi'n 1990. Ar y teledydd y mae rhaglen yn trafod gwyliau, a dyn wrthi'n sôn am yr adegau gorau i gael bargeinion, ac yn pwysleisio mai'r adegau drutaf ydi yn ystod gwyliau'r ysgol; ond bod modd cael prisiau eithaf rhesymol wrth drefnu ddigon ymlaen llaw. Y mae Pryderi Llwyd, athro ysgol uwchradd, wedi hen alaru ar yr holl sôn hwn am wyliau, ac y mae'n dweud wrth ei wraig Ann,

"Diffodda'r hen beth 'na. Rydym ni'n dechrau dadebru ar ôl Dolig, ac y mae'r rhain wrthi hi rŵan efo'u gwyliau."

Y mae Ann yn diffodd y teledydd.

"Diolch byth," meddai'r tad.

"Diolch byth wir!" meddai Ann. "Dyna'r wyt ti'n ei ddeud bob blwyddyn wrth wrthod meddwl dim ymlaen llaw. Mae'r llefydd gorau'n cael eu cipio'n syth, a rydym ninnau'n gorfod bodloni ar wythnos yn y Steddfod ac wythnos yn Sir Benfro."

"Clywch, clywch! Run fath bob blwyddyn," meddai Rhiannon, gan ochri'n gadarn gryf gyda'i mam.

Ac fe roddodd y mab, Ifan, ei big i mewn hefyd, "O jest meddyliwch am Ffrainc, dad; traethau melyn, môr glas – fan'no 'sa'n braf cael bod 'te, mam."

"Hysbyseb arall," meddai'r tad.

Gan eu bod yn deulu ac addysg yn agos at eu calonnau, meddai'r fam, "Meddylia am y lles y byddai pythefnos yn fan'no yn ei wneud i Ffrangeg y plant 'ma."

"Bonjour papa, je veux aller en France pour ... pour,"
meddai Rhiannon, ond aeth yn big arni, ond cafodd
gymorth gan ei brawd, *"Pour mon* gwyliau."

"Ydych chi'ch tri wedi trefnu efo'ch gilydd, e?" meddai'r
tad. "Be 'dach chi'n ddisgwyl i mi'i wneud – sgrifennu
llythyr yn syth. 'Annwyl Syr, Anfonwch eich rhestr o dai
sydd ar osod i mi ar un waith. Yr eiddoch yn gywir, Pryderi
Llwyd."

"A'r un mor gywir, Ann Llwyd."

"A Rhiannon Llwyd, tair ar ddeg oed."

"Hefyd, Ifan Llwyd, un ar ddeg oed."

"Mor syml ydi'r cwbwl," meddai Ann.

"Mae hynny'n golygu felly eich bod chi am i mi anfon
am fanylion, ydi?" gofynnodd Pryderi.

"Ar bob cyfrif," meddai Ann. "Ifan ..."

"Ie."

"Papur sgwennu."

"OK."

"Rhiannon ..."

"M?"

"Estynna rywbeth i sgwennu efo fo – cyn iddo fo fynd yn
ei ôl i gysgu!"

Ac fe gyrhaeddodd amleneidiau o hysbysebion am dai yn
Ffrainc. A bu pori astud uwch eu pennau.

"Y rhain sy wedi'u marcio mewn coch ydi'r rhai gorau,
m'wn," meddai Pryderi.

"Wel y rhei'na ydi'r rhai y medrwn ni eu fforddio,"
meddai Ann.

"Rargian, mae hwn ar ben mynydd – sbia," meddai
Pryderi. "Mae eisio ocsijen i fynd yno."

"Digri iawn!" meddai Ann.

"Hen sgubor wedi ei haddasu, ar gwrr gwinllan! Lle bach tawel yn y wlad," darllenodd Pryderi.

"Wrth ymyl Tauriac, ac o fewn tuag ugain milltir i Bordeaux. Cegin helaeth, ystafell fwyta, bathrwm, tair llofft . . ." meddai Ann fel pe bai'n cystadlu mewn eisteddfod.

"Wyt ti wedi dysgu hwn ar dy gof, ne rywbeth?" gofynnodd Pryderi.

"A! Ceffyl da ydi ewyllys," meddai Ann.

"Ti'n deud wrtha i!" sylwodd Pryderi. Yna, ar ôl astudio'r hysbyseb, ychwanegodd, "Be 'di hwn? . . . Dydi'r llawr cynta ddim yn rhan o'r hyn sy'n cael ei osod . . . ond fydd yna neb yno'n ystod cyfnod y gwylia."

"Wel?" meddai Ann. "Dydan ni ddim eisio mwy o le. Ac, os sylwi di, mae'r lle yma'n cael ei gymeradwyo'n arw ar ôl ymweliad gan gynrychiolydd y cwmni."

"Wêl . . ." meddai Pryderi.

"Peidiwch ag oedi. Llenwch y cwpon, ac anfonwch ugain punt o ernes – fel y mae pobol yn deud . . ." meddai Ann, ac yna ychwanegu'n ymbilgar, "Diwedd Gorffennaf, plîs! Os nad wyt ti am arwyddo siec, estynna'r llyfr sieciau yna i mi."

"Ble mae o? Gen ti'r oedd o ddiwetha."

Y mae'r teulu hwn o bedwar ar fwrdd llong, eu car yn yr howld, a hwythau ar y dec yn gwylio arfordir Prydain yn pellhau.

"Ta-ta," meddai Ifan.

"Tan toc," meddai ei chwaer.

"A helo Ffrainc," meddai Ifan eto.

"A *bonjour*, Ffrangeg. Rydw i'n disgwyl i chi bydru arni, dalltwch," meddai Pryderi.

"*Oui, mon vieux*," meddai Rhiannon.

"*Oui* be?" holodd Ifan.

"Ia'r hen greadur," esboniodd Rhiannon. "Rŵan, lle mae'r siop gwerthu pethau'n rhad?"

Ymhen dwyawr roedd y llong o fewn golwg Ffrainc.

"'Dacw fo'r tir," meddai Ifan.

"Yn lle?" gofynnodd Rhiannon.

"Sbia di'n iawn . . . Y rhimyn tenau acw."

"O! Ie 'fyd."

"Grêt, fyddwn ni ddim yn hir rŵan," meddai Ifan.

"O, mi gymrith hi sbelan i'r llong lanio," meddai Rhiannon.

"Yipî! Dyma ni'n dwad."

"*Vive la France,*" meddai ei chwaer wybodus.

Ar ôl cael eu hunain ar draffordd, â'r car â'i drwyn tua'r de – ar yr ochor dde i'r ffordd, "Cariad, doedd hyn'na ddim yn anodd yn nac oedd," meddai Ann.

"Wel, dim ond gobeithio na wneith y car 'ma ddim concio allan," meddai Pryderi.

"Y! Fydd dad yn iawn rŵan, gewch chi weld – mae o wedi cael rhywbeth i boeni amdano fo," meddai Rhiannon.

"Hei dach chi'n gwybod yr hen sgubor 'ma rydym ni. . ." dechreuodd Ifan.

"Hen sgubor *oedd* hi," meddai ei fam yn gadarn. "Mae hi wedi ei haddasu'n dŷ rŵan."

"Ie, wel mae 'na dair llofft yna'n does?" daliodd Ifan ati.

"Oes, a be am hynny?" gofynnodd ei fam.

" Y dewis cynta i mi," hawliodd Ifan.

"Y cynta i gyrraedd sy'n cael y dewis cynta," meddai ei chwaer yn bendant.

"Y llofft y tu ôl i'r lle bwyta rydw i ei heisio," meddai Ifan.

"Argol, mae gen ti syniad go dda am y lle, beth bynnag," meddai ei fam.

"Mae hyn'na'n ddigon hawdd," meddai Rhiannon. "Drws i mewn i'r gegin, ac wedyn drws o'r gegin lle mae 'na ddwy lofft a bathrwm. A dyna ni'r bloc cynta, fel petai."

"A drws arall i fynd o'r gegin i drydydd llofft," meddai Ifan, a chan dynnu ar ei chwaer, ychwanegodd. "A dyna'r ail floc, fel petai."

"Dos o'ma wnei di!" protestiodd hithau.

"Roeddwn i wedi ffansïo llofft ar wahan i mi fy hun – dipyn o lonydd rhag y cwerylon teuluol yma," meddai Pryderi.

"Arafa," meddai Ann wrtho. "Mae 'na ddoll arall o'n blaenau ni."

"Wn i ddim faint mae'n mynd i gostio inni deithio hyd y traffyrdd 'ma. Mae 'na ddoll bob hanner can milltir."

"O hidia befo," cysurodd ei wraig. "Mi allwn fynd ar hyd ffordd arall."

"Am ddim?"

"Ia. Ond dydi hi ddim cystal ffordd â hon, ac mi gymerith hi oriau'n hwy inni gyrraedd," meddai Ann.

"O! Wel, waeth inni ddal at y ffordd yma 'te – a thalu!" meddai Pryderi.

Ymhen dwyawr wedyn sïai teiars y car dros raean y ffordd i'r fferm lle'r oedd eu *gîte*.

"Wel, dyma ni. Dyma'r lle," meddai Pryderi.

" O! Mae o'n edrych yn le braf iawn," meddai Rhiannon.

"Yn union 'run fath ag roedd y llyfr yn deud," meddai Ifan.

"Y peth cynta ydi nôl y goriad. Ann, dos di i'r ffarm i'w nôl o yli," meddai Pryderi. Yna trôdd at Rhiannon, a dweud, "A dos dithau efo hi – fel arbenigwraig ar yr iaith."

"Ie, tyrd," meddai ei mam wrthi. "Ac mi adawn ni'r tad a'r mab i wagio'r car, erbyn y down ni'n ôl." Ac i ffwrdd â'r ddwy at y fferm oedd ryw hanner canllath oddi wrth y sgubor.

Dechreuodd Pryderi ac Ifan ddadlwytho'r paciau a'u halio nhw trwy'r ardd fechan oedd o flaen drws y sgubor. Fel yr oedden nhw wrthi dyma nhw'n clywed mewian cryf.

"Wel, rydym ni'n cael croeso beth bynnag," meddai Pryderi. "Sbia ar y log o gath 'ma, wàs. Un wen i gyd. Pws, pws. Tyrd yma pws bach ... Be 'di pws yn Ffrangeg dwad?"

"Ly pwsi cat," meddai ei fab.

Daeth gwraig y fferm draw efo Ann a Rhiannon, ac aeth â nhw trwy'r tŷ, gan ddangos sut yr oedd hyn a'r llall yn gweithio.

"*Au revoir*," meddai ar ddiwedd ei thruth, gan fynd allan trwy'r drws.

"Wel, am ddynes glên," meddai Ann.

"Clên iawn," meddai Pryderi. "Mi ddangosod hi bopeth mewn ffordd eglur – gan gynnwys sut y mae'r stôf 'ma'n gweithio. Rŵan 'te, be am banad."

"Panad!" meddai Ann, "Efo potelaid o win ar y bwrdd i'n croesawu ni."

"Panad gynta ie."

Daeth Ifan trwy un o'r drysau, a dweud, "Dydw i ddim yn meddwl fy mod i am gymryd y llofft 'na wedi'r cwbwl."

"O, dyna lle buost ti," meddai ei fam.

"Geith Rhiannon fynd i fan'na," ychwanegodd Ifan.

"O, pam felly?" holodd hithau.

"Mae'n well gen i'r llofft yn y bloc yma tu ôl i lle chi."

"Aros di am funud i mi fynd i gael golwg ar y lle," meddai Rhiannon. Ac i ffwrdd â hi am y llofft ar wahan.

"Tyrd rŵan, Ifan bach, helpa fi i osod y bwrdd 'ma wnei di," meddai Pryderi.

A dechreuodd Pryderi estyn llestri iddo. "Hwda, trawa'r rhain ar y bwrdd 'na."

Wrth glywed tincial llestri, daeth Ann yno, a dweud, "Gofalus yntê. Beth bynnag dorrwn ni, mi fydd yn rhaid inni dalu amdano fo."

Daeth Rhiannon yn ei hôl, a dweud, "A dydw innau chwaith ddim yn mynd i gysgu yn fan'na, diolch yn fawr."

"Llwyau, ffyrcs," meddai Pryderi. "Cysgu yn lle?" gofynnodd wedyn.

"Yn y llofft 'na sy ar ei phen ei hun," meddai Rhiannon. "Mae 'na risiau yn un gongol yn mynd i'r llofft uwchben - digon i godi crîps ar rywun."

"Wel dydw i ddim yn mynd yna," meddai Ifan gyda phendantrwydd.

"Wel, twt lol, be yn y byd mawr sy'n bod arnoch chi," meddai Pryderi. "Dowch imi weld y lle drosta i fy hun." Ac aeth allan trwy'r drws i'r llofft oedd ar ei phen ei hun.

Cerddodd o gwmpas. Y peth cyntaf a'i trawodd oedd oerni'r lle. "Shytyrs ar y ffenest 'na," meddai wrtho'i gan eu harchwilio. Trôdd, a gweld y grisiau nad oedd ddim yn mynd i unlle, gan fod yna goed dros yr agoriad lle'r oedden nhw i fod i gyrraedd y llawr uwchben. Teimlodd iâs annymunol yn mynd i lawr ei asgwrn cefn. Ac a glywodd o rywbeth? Rhywbeth fel symud yn y llofft uwchben. Aeth yn ei ôl at y lleill.

"OK. Mae'r grisiau 'na braidd yn crîpi ond, dalltwch, fydd 'na ddim byd amdani ond ichi rannu lle cysgu. Symudwn ni'r fatras oddi ar y gwely yn y llofft ar wahân 'ma, a'i rhoi hi yn y bloc arall."

"Mi gysga i arni hi," cynigiodd Ifan yn syth. "Tyrd, dad, mi symudwn ni hi rŵan."

"Ond be am gael tamaid o rywbeth i'w fyta yn gynta?" gofynnodd Ann.

"Nage, wedyn. Well inni ei symud hi rŵan. Fyddwn ni ddim dau funud," meddai Ifan.

A thrwodd â'r ddau i'r llofft ar wahan. "Mi afaela i yn un pen, yli, a gafaela dithau yn y pen arall."

"OK, dad."

Y noson honno, fel pob noson gyntaf eu gwyliau, haliwyd allan y gêm Liwdo a oedd cyn hyned â phechod. A dyna lle bu'r teulu wrthi'n ysgwyd dîs, taflu, a symud y botymau lliwgar.

"Rydw innau wedi cyrraedd adra," meddai Ifan. "Mam, chi ydi'r dwytha eto."

"Dda gen i mo'r hen gêm wirion yma. Mae dy dad yn mynnu ei llusgo hi efo fo bob gwyliau."

"Ennill bob tro y mae o 'te," meddai Rhiannon.

"Talent, ac arfer plentyndod yn dod ynghyd i wneud concwerwr," meddai Pryderi.

Agorodd Ann ei cheg a dweud, yn flinedig, "Ond cardiau fydd hi nos fory, ac mi gawn ni weld wedyn faint o goncwerwr fyddi di. Dwn i ddim amdanoch chi, ond rydw i'n fwy na pharod am fy ngwely. Rydw i wedi ymlâdd."

"Finnau hefyd," meddai Rhiannon.

"Rargian, mae hi'n dawel yma," meddai Pryderi, "yn dawel braf."

"Fel'ma y dylai hi fod yn y rhan yma o'r byd," meddai Ann, "mae tawelwch yn rhan bwysig o dy wyliau di."

"Dymunol hefyd," meddai yntau. "Wel, iawn 'te. Pawb am ei wely. Mi a' i i gau'r shytyrs, fel y deudodd y ddynes – be wyt ti'n ei galw hi?"

"Madame Beauchamp," meddai Rhiannon.

"Dowch rŵan; gwely," meddai Ann wrth y plant.

Ynghanol y nos dawel, dywyll, deffrodd Pryderi. Gwrandawodd. Oedd o'n clywed rhyw sŵn siffrwd? Siffrwd, a bob hyn a hyn, sibrwd. Bob tro y gwnâi o ymdrech i wrando gydag astudrwydd arbennig, doedd dim i'w glywed, ond cyn gynted ag yr ymlaciai credai ei fod yn clywed rhywbeth. Yn y man blinodd ar wrando, a chan ei fod wedi blino'n lân fe syrthiodd i gwsg trwm.

Y plant oedd y cyntaf i godi, ac erbyn i Ann a Phryderi gyrraedd roedd y teledydd bach oedd yn y gegin yn rhuo gan ganu pop Ffrangeg. Roedd Rhiannon wrthi'n hulio'r bwrdd.

"O, tro'r hen beth 'na i lawr, Ifan," meddai Ann.

"Ie wir," meddai ei dad, "rydym ni'n talu am y tawelwch yma, cofia."

"Ond eisio clywed sut fiwsig pop sy 'na yn Ffrainc oeddwn i," meddai Ifan yn amddiffynnol.

"Wel, yr un mor swnllyd ag ym mhob man arall," meddai ei dad. "Agor y drws 'na inni gael llond y lle o haul."

"OK," meddai Ifan, a gwneud hynny.

Yn a fe gafwyd brecwast – traddodiadol Gymreig.

"A! Brecwast iawn, cig moch ac wy – hyfryd!" meddai Pryderi.

"Gwna'n fawr ohono fo: brecwast Ffrainc fydd hi o hyn ymlaen," meddai Ann.

Yna daeth mewian o gyfeiriad y drws. Y gath wen a welwyd ynghynt oedd yno.

"Helo, pws," meddai Ifan.

"Ac mi rwyt ti wedi dwad i edrych amdanom ni 'te,"

meddai Pryderi. "Dyma iti glamp o gath glws."

"Run fath yn union â chath y Dyn Drwg yn un o ffilmiau James Bond," meddai Rhiannon.

"Tyrd â thamaid o fraster y cig moch yna, Ann," meddai Pryderi. Ac wedi ei gael, aeth ati i ddenu'r gath ato. "Tyrd yma, pws. Dyma iti be ydi cath."

"Fory," meddai Ann wrth Rhiannon ac Ifan, "mi gewch chi'ch dau fynd i'r siop fara yn y pentra, ac mi gawn ni *croissants* ffresh i frecwast."

"Gawn ni be?" holodd Ifan.

"*Croissants*," meddai Rhiannon, fymryn yn ddirmygus. "Inni eu cael nhw efo jam a choffi i frecwast fory."

"Hei, neis iawn!" meddai Ifan yn gymeradwyol.

"Ie, wel, fory – iawn. Ond be am heddiw?" gofynnodd Pryderi. "Be ydym ni'n mynd i'w wneud heddiw?"

"O! Diwrnod bach tawel wedi'r holl deithio 'na," awgrymodd Ann. "Be am ddiwrnod o ddwad i nabod y lle, a mynd draw i Bourg i siopa pnawn 'ma."

"Dymunol iawn wir," meddai Pryderi.

"Pam nad edrychi di yn y llyfr 'na y soniodd Madame Beauchamp amdano fo. Hwnnw lle mae ymwelwyr eraill wedi sgwennu sylwadau," awgrymodd Ann wrth Bryderi.

"Hm, syniad da," meddai yntau. "Lle mae o?"

"Yn dror ganol y seibord yn y llofft yna," meddai Ann, gan gyfeirio at y llofft gefn, y llofft ar wahan.

"Mi a' i i gael sbec arno fo," meddai Pryderi.

"Agorwch shytyrs y llofft gefn tra rydych chi wrthi," awgrymodd Ifan.

"A pham na fedri di wneud hynny?" gofynnodd ei dad.

"Na, ddim diolch, mae'r lle'n gwneud i mi. . ." meddai Ifan, ac yna gwnaeth sŵn tebyg i gyfog, "ŷ . . . ŷ . . . ŷ."

"O'r gorau, mi wna i, eich ufudd was," meddai Pryderi.

Aeth Pryderi i'r llofft gefn, agor y ffenest, dadfachu'r

shytyrs o'r tu mewn, er mwyn mynd allan wedyn i'w hagor o'r ochor honno. Unwaith eto teimlodd oerni rhyfedd yr ystafell. Unwaith eto trôdd ei lygaid at y grisiau oedd yn mynd i 'nunlle. Unwaith eto, meddyliodd ei fod yn clywed rhywbeth, rhyw furmur o bell. "Lol," meddai wrtho'i hun a mynd yn ei ôl at y teulu.

"Ddeudaist ti rywbeth?" holodd ei wraig o ar ôl iddo fo fynd yn ei ôl.

"Na. Dechrau colli arnaf fy hun roeddwn i," meddai yntau.

"Wel, cyn iti wneud hynny, darllena'r llyfr 'na inni i ddechrau wnei di – tra bydd y plant yn helpu i mi glirio."

"O, pam fi?" holodd Ifan, yn ôl ei arfer.

"Yr ateb i hyn 'na ydi, pam lai?" meddai Ann. "Tyrd yn dy flaen."

Ac aeth dau anfoddog a'u mam ati i glirio'r bwrdd a golchi'r llestri. Estynnodd Pryderi y llyfr ymwelwyr, a dechrau bwrw golwg arno, a gwneud sylwadau uchel, bob hyn a hyn – rhai ohonyn nhw'n fwy perthnasol i bawb nag eraill.

"Bourg: pentre dymunol, yn ôl y Raymonds o Surrey. Gwell mynd yno ar hyd y ffordd gefn . . . Oho, felly wir . . . Ffordd ddistaw, ond gofalu rhag y Peugeot bach glas sy'n chwyrnellu ffor 'na, yn enwedig ar fwrw'r Sul. Diddorol . . . Hei, mae 'na bwll nofio ardderchog yn Bourg."

"O! Grêt!" oddi wrth Rhiannon, a oedd yn ffansïo'i hun fel nofwraig addawol.

"Be ydi hyn? Un Naw Wyth Pedwar, Gorffennaf. Simon yn sôn am aflonyddwch yn y nos, a sŵn fel llygod o'r lle uwchben y llofft gefn. Symud at ei frawd yn y lle yn ein hymyl ni. Neb arall yn clywed dim . . . Y gwin yn rhad eithriadol yn y Co-operative lleol. Hm . . . Glenys Venables a'r teulu o Torquay . . . Hm."

"Dyna hyn'na wedi'i wneud," meddai Ann. "Reit."

"Hm," eto gan Pryderi.

"Be sy?" gofynnodd Ann.

"Dim byd. Darllen hwn o'ni," meddai Pryderi.

"Dim byd annifyr?"

"Na. Popeth yn dda – ar wahan i ryw Beugeot glas ar ffordd gefn i Bourg," meddai Pryderi.

A dyma fynd i Bourg, a chymowta hyd y lle, gan aros i weld beth oedd yn y siop hon a'r siop arall.

"Hei, mam, dyma ichi be ydi llond lle o gaws – degau ohonyn nhw, a phob un yn wahanol," meddai Ann.

"Aros funud, wir," meddai ei mam. Yna dywedodd, "Beth am inni brynu peth a'i fyta fo efo bara ffresh?"

"O ie, pa un?" gofynnodd Rhiannon.

"O falle y cawn ni brofi rhai ohonyn nhw. Tyrd yn dy flaen," ac aeth y ddwy ohonyn nhw i'r siop. "Gofyn am damaid o hwn'na."

"O, mam!"

Yna aethant i gyd i eistedd y tu allan i gaffe.

"Coffi i ti'n 'te," meddai Ann wrth ei gŵr.

"Ie, plîs," meddai yntau.

"Lemonêd i mi," meddai Ifan.

"A finnau hefyd," meddai ei chwaer.

"Dau goffi – trwy lefrith, cofia; a dau lemonêd," meddai ei mam wrth Rhiannon. "Ac – rŵan, gofynna, dyma'r dyn."

"*Deux café au lait, et deux limonades, s'il vous plaît,*" meddai Rhiannon.

"*Tout suite, mademoiselle,*" meddai'r gŵr canol oed, yn foesgar.

"O, braf fuasai medru gwneud hyn adre, yntê – eista yn yr haul yn sgwrsio ac yfed coffi," meddai Rhiannon.

"A gweld y byd yn pasio heibio," meddai ei thad.

Y noson honno yn y *gîte,* yr oedd pawb wedi mwynhau pryd dymunol.

"Reit, chi'ch dau, mi gewch chi olchi'r llestri," meddai Ann wrth ei phlant.

"O, pam ni?" oedd cwestiwn disgwyliadwy Ifan.

"Am mai fi wnaeth baratoi'r bwyd. Ac mi gewch chi wneud eto nos fory. Ond, nos Fawrth, falle yr awn ni allan i fyta i restaurant. Da'n 'te!"

"Mi wna i wneud y golchi, ac mi gei ditha sychu," meddai Ifan wrth ei chwaer.

"O caf m'wn. A chadw'r llestri."

"Mi a' innau i gau'r shytyrs," meddai Pryderi.

"Ond beth am i m i wneud hynny?" cynigiodd Ifan.

"Yn lle golchi llestri, ie?" holodd ei dad. Yna ychwanegodd, gan ragdybied beth fyddai ymateb ei fab, "Dechreua yn y llofft gefn 'na 'te."

"Ddim diolch, mi olcha i'r llestri."

"O, mi a' i 'te," meddai ei dad, gan fygu gwên.

Daeth y gath wen i mewn trwy ddrws agored y gegin. "A dyma tithau," meddai Pryderi. "Wyt ti'n dwad hefyd?" Aeth at ddrws y llofft gefn, a'i agor. Daeth y gath hyd at riniog y drws a sefyll yn stond.

"Be sy pws? Ti ddim am ddwad efo fi . . . Tyrd 'laen."

Miawiodd y gath unwaith, ac eistedd i lawr.

"Na? O'r gorau 'te, plesia dy hun," meddai Pryderi, a mynd yn ei flaen i mewn i'r llofft. Aeth at y ffenest. Gafaelodd yr oerni ynddo, yn gryfach, os rhywbeth, nag o'r blaen. Caeodd y shytyrs o'r tu mewn, cloi, ac yna caeodd y ffenest. Trôdd i fynd yn ei ôl. Ond dechreuodd deimlo fod rhywbeth yn cydio ynddo fo a dechrau ei dynnu, rhag ei waethaf at waelod y grisiau oedd yn mynd i 'nunlle. Ac yr oedd yn sicir ei fod yn clywed rhyw sibrwd o'r tu ôl i'r pren oedd ar ben y grisiau, ond doedd yna ddim geiriau – neu doedd yna ddim geiriau yr oedd o'n gallu eu hadnabod. Synau cyntefig a glywai, ac yr oedd yna rywbeth yn frawychus o fygythiol yn y cyfan. Ymgryfhaodd, a'i wthio ei hun at ddrws y llofft, ac allan i'r gegin.

"Wyt ti am ddwad i chwarae cardiau efo ni?" gofynnodd Ann.

"Dad!" meddai Rhiannon mewn syndod.

"Be sy'n bod?" gofynnodd Ann, wedi dychryn.

"Dim . . . dim byd siŵr iawn," meddai Pryderi.

"O tyrd 'laen; deuda be sy?" meddai ei wraig yn daer.

"O, cael rhyw wasgfa wnes i . . . Rhaid 'mod i wedi byta rhywbeth oedd dim yn dygymod efo fi."

"Tyrd, stedda'n fan'ma," ymbiliodd Ann.

Eisteddodd yntau, a dechrau dod ato'i hun. "Dwi'n iawn rŵan. Mae'r wasgfa wedi chwalu . . . Reit, madam," meddai wrth ei ferch, "cardiau amdani. Ie, mi ddelia i."

Yn raddol fe ddaeth pethau atynt eu hunain. Aeth y chwarae cardiau yn ei flaen, y gêm oedd Gêm yr Hen Ferch.

"A dyma fi'n trympio hwn'na. Gêm arall i mi. Pump i gyd," meddai Ann.

"Pedair i mi," meddai Rhiannon.

"Tair i mi," meddai Ifan, yn anfoddog.

"A dim ond un i mi," meddai Pryderi.

"'Chdi ydi'r Hen Ferch felly," meddai Ann.

"Liwdo amdani nos fory," meddai Pryderi.

"Ddim peryg, hen gêm ddiflas," meddai Ifan.

"Oes 'na rywun am baned cyn inni fynd i glwydo?" gofynnodd Ann.

"Ddim i mi, diolch," meddai Ifan. "Dwi'n mynd yn syth i 'ngwely. Nos dawch."

"A dim chwyrnu heno," meddai ei chwaer.

"Chwyrnu!" meddai Pryderi yn siarp. "Ti 'di clywed chwyrnu yn y nos?"

"*No way.* Fydda i byth yn chwyrnu," meddai Ifan.

"Chlywaist ti ddim chwyrnu felly?" gofynnodd Pryderi i'w ferch.

"Naddo siŵr. Tynnu coes 'yn annwyl frawd oeddwn i. Pam?"

"Dim. Dim ond meddwl."

Daeth Ann â phaned i'w gŵr ac i'w merch.

"Dwi am fynd â 'mhaned i efo fi," meddai Ann. "Nos dawch."

"A finnau hefyd," meddai Rhiannon.

"Ti'n dwad?" gofynnodd Ann i'w gŵr.

"Mewn dau funud," meddai yntau. "Mi gymera i olwg eto ar y llyfr ymwelwyr yma. Mae 'na bob math o bethau difyr yn hwn. Fydda i ddim yn hir."

"Iawn 'te," meddai ei wraig.

"Rŵan lle'r oedd hwn'na?" meddyliodd Pryderi. "Gorffennaf, Un Naw Wyth Pedwar. Simon yn sôn am aflonyddwch yn y nos. Os gwn i 'oes 'na rywbeth tebyg yn rhywle arall."

Bras-ddarllenodd trwy un dudalen ar ôl y llall. "Be 'di hwn?" meddyliodd. Darllenodd: 'Mae'n werth mynd am drip i Perigiéux. Mae gweddillion cynhanesyddol diddorol yn yr amgueddfa yn Courtournés.' "Felly," meddyliodd. Yna "Be 'di hyn?" Darllenodd: 'Peidiwch â phryderu am adroddiadau cynt ynghylch llygod. Fe all synau yn y nos o'r llawr uwchben fod braidd yn annymunol ar y dechrau, ond fe ddaru ni ddod i arfer efo nhw, a'n perswadio ein hunain mai creaduriaid y nos oedden nhw.'

"Creaduriaid y nos," meddyliodd Pryderi, "ac y mae

hyn'na i fod i gysuro pobol!" Yna, ar ôl saib meddai wrtho'i hun, "Wel; mae pawb i'w gweld wedi tynnu drwyddi'n iawn. Cadw o'r stafell gefn 'na ydi'r peth. Da' i ddim iddi hi eto, y mae hynny'n sicir. 'Gaiff y shytyrs aros yn gaead. A rŵan y ciando i minnau."

Y noson honno fe gysgodd Pryderi tan berfedd y nos. Yna deffrodd. Roedd murmuron i'w clywed, bron iawn yn codi'n ddigon uchel i fod yn iaith. Ac roedd yna ryw sŵn crafu, crafu fel pe bai o'n dod odd'uwch ei ben. Unwaith eto roedd hi'n rhyfedd o oer. Erbyn hyn roedd Pryderi'n hollol effro. "Ann," meddai'n uchel. Ond gallai glywed ei hanadlu dwfn, rheolaidd hi, a gwyddai ei bod hi'n cysgu'n drwm.

"Golau ar y mater," meddai'n dawel wrtho'i hun, a chyffwrdd botwm y golau bach wrth ei wely. Trôdd a gweld nad oedd y golau hwnnw wedi amharu dim ar ei wraig.

Distawodd popeth, fel diffodd switj. Arhosodd yn y tawelwch am dipyn, a dweud eto, yn hyglyw, "Dim byd." Gwrandawodd eto, a meddwl: "Fel bedd . . . Dim byd . . . Mae'n rhaid fy mod i wedi bod yn breuddwydio. Yr un math o beth ddwy waith. Caws, byta hwnnw'n hwyr y nos, a chodi hunlle. Tybed? 'Sa neb arall yn stwyrian dim. Neb arall yn clywed dim byd. Mae'n rhaid mai dychmygu pethau rydw i. Mae'n rhaid. Be alla fod yma? A, wel, paned . . . Lles i'r nerfau . . . Be bynnag ydi'r rheswm fy mod i'n deffro, mae'n bwysig imi beidio â tharfu ar neb arall." Cododd a mynd i'r gegin, lle'r oedd popeth yn dawel, braf.

Treuliwyd y gwyliau'n gwneud pob math o bethau diddorol – yn ymweld â Bordeaux, ac yn mynd, fwy nag unwaith, i'r traeth yn Arcachon lle'r oedd tonnau enfawr yn sgubo i'r lan. Mwynhaodd Rhiannon ac Ifan eu hunain yn y tymhestloedd hyn, yn mynd allan hyd at eu canol yn y môr, ac yn cael eu bwrw am lathenni gan ryferthwy'r dŵr. Roedd un diwrnod i fod, trwy gytundeb a bargeinio, yn 'Ddiwrnod Diwylliant', diwrnod ymweliad ag ogof gynhanesyddol Pair-non-Pair. Parciwyd y car a dilynwyd y gofalwr am y *"visite à la grotte"*, chwedl yntau.

"Gobeithio fod hyn yn mynd i fod yn dipyn o hwyl," meddai Ifan.

Agorwyd dôr nobl lle'r oedd nifer o eitemau o Oes y Cerrig, rhwng can mil a phedwar deg mil o flynyddoedd yn ôl. Ymysg y pethau a welwyd yr oedd esgyrn hen greaduriaid, gan gynnwys eliffantod ac eirth. Yna dangosoddd y gofalwr luniau ar y creigiau, lluniau a oedd tua deuddeng mil o flynyddoedd oed.

"Wel, meddyliwch fod 'na ddynion wedi bod yn fan'ma ers yr holl filoedd o flynyddoedd," meddai Ann.

"Hela'r oedden nhw, mae'n rhaid," meddai Ifan, "dyna pam roedden nhw'n gwneud y lluniau 'ma."

"Gwneud lluniau i dreio dylanwadu ar yr anifeiliaid a'r hela – dyna un gred am y rhain," meddai Pryderi. "Rydw i'n cofio darllen hynny am luniau ar ogofeydd eraill – Lascaux, er enghraifft, sydd ddim ymhell iawn o fan'ma."

"Ie! Be arall roedd y bobol 'ma'n ei wneud?" holodd Ann.

"Aberthu m'wn," meddai Pryderi. Yna edrychodd ar un llun a fflachiodd rhywbeth trwy ei feddwl.

Edrychodd Ann arno a gweld ei wedd lwydaidd. "Wyt ti'n iawn?"

"Be ti'n feddwl? Wrth gwrs 'mod i'n iawn," meddai yntau.

"Newid dy liw wnest ti," meddai Ann.

"Y lle 'ma sy'n codi crîps arno fo," cynigiodd Ifan.

"Y golau tila 'ma sy'n gwneud imi edrych yn welw," meddai Pryderi. "Dowch . . . Mae 'na hen iâs oer yma. Mae hi gymaint brafiach yn yr haul."

Ar eu nsosn olaf yn y *gîte* fe benderfynodd y teulu fwyta allan, mewn steil. Mwynhaodd pawb bryd mewn lle bach oedd yn paratoi popeth yn null traddodiadol yr ardal. Roedd hi'n dywyll pan wnaethon nhw gyrraedd y *gîte*, ac roedd yr awyr yn llon efo myrddiynau o sêr a lleuad newydd. Wrth fynd trwy'r drws a tharo'i law ar y switj i gael golau, dywedodd Pryderi, "Ffiw, mae'n rhaid deud fod y Ffrancwyr 'ma'n gallu gwneud bwyd."

"Ac yn gwybod sut i'w fwyta fo," meddai Ann. "O! . . . Wy'sti be, mae hi bron yn un-ar-ddeg o'r gloch. Mae'n rhaid ein bod ni wedi treulio bron i bedair awr yn y lle bwyd 'na . . . Mi gysga i fel twrch heno. Dydi hi'n drist meddwl mai hon ydi'n noson ola ni yma."

Daeth mewian o'r ardd, a gwthiodd y gath wen i mewn trwy'r drws lled agored.

"Helo, pws, rwyt ti wedi dwad eto," meddai Pryderi. "Aros di funud imi gael diferyn bach o lefrith iti."

"*Du lait,*" meddai Rhiannon, â'i Ffrangeg hi wedi sbriwsio'n rhyfeddol yn ystod y bythefnos ddiwethaf.

"*Du lait pour* pwsi," meddai ei thad.

O dipyn i beth fe aeth pawb i'w gw'lâu. Pryderi oedd yr olaf i fynd; rhoddodd y gath allan, a chloi'r drws cyn noswylio.

Berfedd nos deffrodd Pryderi eto. Roedd synau o gwmpas yr adeilad. Roedd y murmuron yn uwch na'r un tro arall, a bron iawn â thorri'n rhyw fath o iaith, gyntefig. Ond yr oedd yn synau eraill hefyd, synau anifeilaidd. Ac yr oedd hi'n oer, oer yn y llofft. "O'r nefoedd!" meddai Pryderi, a tharo ei fys ar fotwm y lamp fach wrth ei wely. Y tro hwn, ni pheidiodd y synau. Methai yntau ddeall pam nad oedden nhw'n deffro ei wraig. Roedd hi'n cysgu'n sownd. Yna dechreuodd glywed sŵn crafu ar shytyrs y llofft, sŵn crafu ewinedd neu grafangau, ac yna clywodd sŵn fel sŵn esgyrn yn cael eu taro'n erbyn ei gilydd. "Y plant!" meddai wrtho'i hun, ac yn ei bryder aeth allan o'r llofft, taro'r golau yn y lobi ac agor drws llofft y plant. Ond roedden nhw'n cysgu'n dawel, ddigyffro. "Diolch byth," meddai yntau. Aeth draw i'r gegin, a rhoi'r golau arnodd. Gwrandawodd. Gallai daeru fod yn a rywbeth yn y llofft gefn. Clywai grafu, fel crafu traed, ac yna daeth sŵn gwichian, anifeilaidd. Am ryw reswm na ddeallai, roedd yn cael ei ddenu i agor y drws. Yna daeth ei wraig i mewn i'r gegin, a sibrwd yn gyffrous, "Be sy, be sy? . . . Mae gwedd y ddaear arnat ti. . . Be sy?"

"Dim byd," meddai yntau.

"Ti'n sâl? Deuda o ddifri, rwyt ti'n edrych fel dwn i'm be."

"Mae'r plant yn cysgu'n dawel," meddai yntau. "Chlywaist ti ddim byd?"

"Naddo, tad. Y golau 'ma ddaru 'neffro fi."

"Chlywaist ti ddim sŵn o gwbwl?" gofynnodd Pryderi'n daer, daer.

"Wel, naddo . . . Be oedd 'na i'w glywed? . . . Tyrd. Stedda."

"Twrw fel. . . wel run fath â phetai rhywun yn mela efo'r shytyrs, yn un peth."

"Be, rhywun yn prowla o gwmpas wyt ti'n 'feddwl?"

"Ie," meddai yntau, ac yna, gan gymryd ei amser, ychwanegodd, "ie, fel petai rhywun y tu allan yn ysgwyd y shytyrs."

Gwrandawodd Ann yn astud.

"Mae'r lle'n berffaith ddistaw rŵan," meddai hi.

Oedodd yntau i wrando. "Ydi . . . Ydi'n 'tad . . . mae'n rhaid 'mod i'n breuddwydio eto."

"Be ti'n ei feddwl 'eto' – ydi hyn wedi digwydd o'r blaen?"

"Na na . . . wel . . . mi ges i ryw fath o hunlle ar ôl byta'r caws hwnnw'r noson o'r blaen."

"Wir!"

"Dim ond hynny . . . Faint o'r gloch ydi hi?"

"Gad imi weld. O, bron yn bump. Fe ddylia hi fod wedi dechrau gwawrio," meddai Ann.

"Rydw i am aros ar fy nhraed, yli."

"Rŵan! Ond be am y dreifio sy o dy flaen di heddiw?"

"Wel, mi gychwynnwn ni dipyn bach yn gynharach na'n trefniant. Treia di gysgu, yli."

"Mi arhosa i efo chdi. Mi ga i gyfle i hel y pethau diwetha 'ma at ei gilydd cyn i'r plant 'ma godi."

Yna fe ganodd ceiliog o fuarth y ffarm, yn glir, glir. Pan ddigwyddodd hynny, teimlai Pryderi fel petai rhyw bwysau mawr wedi codi oddi ar ei enaid.

Ymhen tipyn fe ddeffrodd y plant ac fe fu'n hwrli-bwrli o hwylio brecwast, a hel y pethau diwethaf i'w pacio yn y car. Wrth symud y pethau olaf o'u llofft fe gofiodd Rhiannon am y fatres oedd wedi cael ei symud.

"Y fatras 'na," meddai hi, "rhaid inni beidio ag anghofio mynd â hon yn ei hôl i'r llofft gefn."

Dechreuodd Ifan weiddi ar ei dad o'i lofft, "Dad, dad, y fatras."

"Mae o wrthi'n rhoi pethau yn y car," meddai ei fam.

Aeth Ifan at ddrws agored y gegin, a gweiddi eto, "Dad, y fatras."

"Mi symudwn ni hi rŵan, yli," meddai hwnnw ar ôl dod i'r tŷ.

Dyma nhw i'r llofft lle'r oedd y plant wedi bod yn cysgu.

"Reit, gafael di'n y pen yna ac mi symudwn ni hi . . . peth anhylaw iawn!" meddai Pryderi.

"Iawn," meddai Ifan.

Cariodd y ddau'r fatres i'r gegin.

"Yli, agora'r drws i'r llofft gefn 'ma, wnei di," meddai Pryderi wrth ei wraig.

"O, aros funud," meddai hithau, gan agor y drws. "Dyna chi."

"Watjia'r gongol 'na," meddai Pryderi. "Ydi hi gen ti?"

"Ydi, iawn," meddai Ifan.

"Trawa dy fys ar y switj 'na, os medri di."

Gwnaeth Ifan hynny. Aeth Ifan yn wysg ei gefn, gan edrych dros ei ysgwydd. Yn sydyn gollyngodd y fatres. "Y! . . . Y!" ebychodd.

Edrychodd ei dad i weld beth oedd. Ac o weld hynny, gollyngodd yntau'r fatres, a thynnu ei fab am y drws, "Tyrd, tyrd allan. Tyrd."

"Be sy? Pam dach chi'n . . ." Ni orffennodd Ann ei brawddeg.

"Y gath 'ma. Mae hi 'di cael . . ." Ni orffennodd Ifan ei frawddeg ychwaith.

Gwelodd y fam y gath wen, a choch ei gwaed ar ei hyd, ei cheg fymryn yn agored nes y gellid gweld ei chil-ddannedd, a'i llygaid yn llydan agored.

"O! Pwy wnaeth hyn!" griddfanodd Ann.

"O, mae'n rhaid fod y cwpwrdd wedi syrthio ar ei phen hi," meddai Pryderi.

Yr oedd y cwpwrdd wedi syrthio, ac yr oedd un neu ddau o bethau eraill yn y llofft wedi symud, ond gwyddai Pryderi nad dyna oedd wedi lladd y gath. Yna dywedodd

Ann, "Ond mae 'na waed ar hyd y llawr. Mae o'n un llwybyr, reit at y grisiau . . . O! Sut yr aeth hi i mewn . . ."

"Yli yli, tyrd o'na. Tyrd tithau hefyd," meddai Pryderi wrth ei fab; gan hel y ddau ohonyn nhw allan.

"Ond pwy fasa'n gwneud peth ofnadwy fel'ma, dad?" holodd Ifan wedi iddo gyrraedd y gegin.

"Damwain 'sti, damwain. . . Yli, tynnu'r peth 'ma ar ei phen wnaeth hi rywsut neu'i gilydd. Ylwch, cerwch chi'ch tri at Madame Beauchamp a deud be sy wedi digwydd. Mi dreia innau glirio rhyw fymryn ar y llofft 'ma."

Bythefnos wedi iddyn nhw gyrraedd adref, deffrodd Pryderi ynganol y nos dywyll, "O! O!" meddai gan ymrwyfo'n anniddig. "Nid fi, nid ni, nid ni," gwaeddodd.

Deffrodd Ann. "Pryderi, Pryderi bach be sy?" gofynnodd, wedi cythruddo drwyddi.

Llyncodd yntau ei boer a griddfan. "Dyma'r drydedd waith iti gael hunllef ers pan ydym ni adre."

"Does na ddim byd yn mater," meddai yntau.

"Rydw i'n benderfynol dy fod ti'n mynd i weld y doctor tro yma," meddai hi.

"Ond does 'na ddim byd yn mater," protestiodd yntau.

"Dywed ti hyn'na wrth y doctor 'te," meddai hithau. "Dwi'n mynd i'w ffonio fo'n gyntaf peth yn y bore, ac rwyt ti'n mynd i'w weld o'n syth – waeth be ddeudi di."

Ac fe aeth Pryderi at y doctor. Mynnodd hwnnw ei holi'n o daer. A rhag ei waethaf fe ddechreuodd Pryderi adrodd ei stori wrtho fo. Wedi darfod, dywedodd, "Dyna hi, doctor, wirioned ag ydi hi."

"Ac fe gawsoch chi'r syniad 'ma fod 'na rywbeth hyd y lle'n chwilio am . . . aberth – aberth i be?" gofynnodd y doctor.

"Dwn i ddim, os nad i helpu pobol i hela."

"Ie, wel!" meddai'r doctor.

"Dim ond sŵn oedd 'na," meddai Pryderi, "ond roedd o'n sŵn dychrynllyd . . . Gweld y gath 'na ddaru roi tro go-iawn imi. Beth petai un ohonom ni yn y stafell 'na!"

"Ond doedd neb arall yn clywed dim?" holodd y doctor.

"Neb – wel, ar wahan i'r bobol oedd wedi sgwennu yn y llyfr ymwelwyr."

"Dychymyg, dychymyg," meddai'r doctor. "Peth eithriadol o gry unwaith y caiff o'i ffordd, 'dach chi'n gwybod. Mae'n gallu amharu ar nerfau rhywun yn arw."

"Ond y gath," meddai Pryderi. "Beth amdani hi? Allai hi ddim bod wedi tynnu'r cwpwrdd yna ar ei phen. A sut yr aeth hi i'r stafell yna, beth bynnag?"

"Mustyr Llwyd bach, mae'n rhaid fod 'na ffordd, ac mae'n rhaid ei bod hi wedi troi'r cwpwrdd,"

"A'r llwybyr gwaed 'na at y grisiau? Sut y mae esbonio hwnnw? Os oedd y gath wedi'i dal o dan y cwpwrdd – a doedd hi ddim . . ."

"Mae'n rhaid fod 'na esboniad cwbwl resymol. Chi'n gweld, y tu mewn inni y mae'n hunllefau ni, nid y tu allan. Yn wir i chi, dydi'r pethau hyn, y pwerau dychrynllyd hyn, ddim yn bod y tu allan inni. Mi ro i gwrs o dabledi ichi, ac fe ddiflannith y cwbwl o'ch system chi yn y man."

"Dach chi'n meddwl?"

"Rydw i'n beffaith sicir. Does dim byd fel rydych chi'n sôn amdano fe y tu allan i ni'n hunain. Y tu mewn inni, yn fan'no y mae'r drwg, yntê."

Doedd dim pwrpas ceisio dal pen rheswm efo'r doctor. A ddaru Pryderi ddim dal ati i sôn wrtho fo am sut yr aeth unrhyw gath i mewn i'r llofft gefn, nac am ymateb digyffro iawn Madame Beauchamp i farwolaeth y gath. Y flwyddyn wedyn, wrth iddo, unwaith eto – ar anogaeth ei wraig a'i blant – edrych trwy lyfryn gwyliau'r cwmni'r aethon nhw i'w *gîte* y llynedd, sylwodd Pryderi mai fel lle â dwy lofft ynddo fo, nid tair, yr oedd o'n cael ei hysbysebu.

Ar y teledydd

Ynghanol dolydd braf, heb fod ymhell o Rhun, un o drefi hamddenol gororau Cymru, saif Castell Dyfrdwy, adeilad sylweddol, er nad oedd mor hen â hynny. Roedd wedi bod ar werth am gyfnod go faith, ac oherwydd nad oedd neb yn gwneud unrhyw gynnig amdano roedd y pris a ofynnid am y lle wedi gostwng yn sylweddol, yn ddigon sylweddol i un o brif gyfarwyddwyr cwmni teledu annibynnol Aries awgrymu y dylen nhw roi cynnig amdano, er mwyn ei ddatblygu. Derbyniwyd yr awgrym, ac ar ôl i arbenigwyr y cwmni wneud archwiliad trwyadl o'r adeilad, a'r safle, ac o gostau ei ddatblygu fe gynigiwyd pris am y lle, pris a dderbyniwyd gan y gwerthwyr. Yn y man, aethpwyd ati i newid ac addasu'r castell, gan greu yno ddwy stiwdio deledu fodern gydag adnoddau rhagorol ar gyfer yr holl waith o greu rhaglenni; neuadd ddigon mawr ar gyfer recordio rhaglenni gerbron cynulleidfaoedd; a nifer o swyddfeydd. Y syniad oedd y byddai Aries yn defnyddio'r stiwdios ar gyfer gwaith y cwmni ei hun, ac yn eu llogi i gwmnïau teledu eraill, fel y gwelid yn dda. Llwyddwyd i osod nifer o'r swyddfeydd i rai cwmnïau heblaw cwmnïau teledu hefyd. Ymddangosai'r fenter fusnes yn un dra phroffidiol, yn enwedig o ystyried fod y lle o fewn cyrraedd hawdd i nifer o drefi yng Nghymru, a rhai dros y ffin yn Lloegr. Golygai hyn nad oedd rheidrwydd ar y rhai a weithiai yn y castell i symud i Rhun i fyw, a theithio'n ôl ac ymlaen yn ddyddiol a wnâi'r rhan fwyaf o weithwyr Aries. Yr oedd dau westy rhagorol yn Rhun, ac os oedd rhaid aros yn y cyffiniau doedd dim anhawster ynghylch hynny.

Roedd popeth o'r gorau hyd nes y dechreuodd rhai gweithwyr a fyddai'n gweithio'n hwyr yn y castell, yn enwedig y rhai oedd yn golygu tapiau, ddechrau cwyno fod yna bethau go ryfedd yn digwydd yn y lle. Tri o weithwyr Aries, oedd yn gorfod gweithio'n hwyr yn weddol aml un mis Medi er mwyn cwblhau rhaglenni o fewn amserlen y cwmni ar gyfer mwy nag un sianel deledu oedd Marc Evans, Linda Green, a Dave Jones. Linda oedd y gyntaf i deimlo fod yna rywbeth anarferol yn y lle. Roedd hi a'r ddau arall yn gweithio ar y fersiwn derfynol o gyfres antur, 'Plas y Gelli', cyfres wedi ei lleoli yn y ddeunawfed ganrif, ar y pryd. Pan aeth hi draw i'r tŷ-bach am hanner awr wedi deg un noson, dechreuodd deimlo fod yna rywun, neu rywbeth, yn ei gwylio. Ceisiodd fwrw'r peth o'i meddwl, ond ni allai.

Dridiau'n ddiweddarach, a'r tri'n dal wrth eu gwaith, aeth Marc draw i'r gegin i wneud coffi i bawb. Ar ei ffordd yn ôl, ac yntau'n ceisio cario tair cwpan blastig heb golli dim o'r coffi, o gongl ei lygad gwelodd wraig yn mynd i mewn i'r Stafell Olygu. Tybiodd mai Linda oedd hi, a phan gyrhaeddodd y Stafell Olygu, dywedodd wrth Linda'n chwareus, "Yr hen beth gwael, yn fy ngweld i'n stryffaglio efo tair cwpan, hen roi dim help imi." Cododd y ddau oedd yn syllu ar sgrîn, sylweddol ei maint, eu golwg yn syth, ac edrych yn amheus arno.

"Be ti'n feddwl – dy weld di?" holodd Linda.

"Wrth iti fynd i mewn i fan'ma eiliad neu ddwy'n ôl," meddai Marc.

"Dwad i mewn i fan'ma!" meddai Linda'n syn. "Ond dwi heb fod yn unlle."

"Tynnu 'ngoes i eto!" meddai Marc.

"Ddim o gwbwl. O ddifri," meddai Linda. "Gofynna i Dave."

"Fu hi ddim allan o gwbwl," meddai hwnnw. "Be'n union welaist ti?"

"Be'n union welais i?" meddai Marc. "Linda welais i, yn dwad i mewn i fan'ma."

"Beth bynnag welaist ti," meddai Dave, "welaist ti mo Linda. Mae hi wedi bod yma trwy'r adeg."

"Do'n wir iti," meddai Linda.

"Ie! Ie!," meddai Marc yn watwarus.

"Na, o ddifri," meddai Linda.

"Mae'n rhaid dy fod di wedi gweld ysbryd," meddai Dave, gan chwerthin.

Estynnodd Marc baned o goffi i bawb.

"O ba gyfeiriad yr oedd beth bynnag welaist ti'n dwad?" gofynnodd Linda i Marc.

"Dim ond cip ges i," meddai yntau. "O'r coridor sy'n dod o gyfeiriad y drws ffrynt."

"Lle mae'r tŷ-bach!" meddai Linda.

"Wnes i ddim gweld a ddaeth hi o'r tŷ-bach neu beidio," meddai Marc. "Fel y deudis i, cip arni hi ges i. Pam rwyt ti'n gofyn?"

Ystyriodd Linda am funud, yna dywedodd, "Wel, pan es i allan i'r tŷ-bach y noson o'r blaen, mi ges i hen deimlad annifyr fod 'na rywun, neu rywbeth, yn fy ngwylio i. Jest hyn'na."

"Dy wylio di. Welaist ti rywbeth?" gofynnodd Dave.

"Naddo, ddim byd," meddai hithau.

"Pam na fasat ti wedi deud rhywbeth?" gofynnodd Marc.

"Be oedd 'na i'w ddeud?" gofynnodd Linda. "Rydych chi'n gwybod sut rydych chi – sut basa hi arna'i 'tawn i wedi deud fy mod i'n teimlo fod 'na rywbeth yn fy ngwylio i – a hynny yn y tŷ- bach! "

Gorffennwyd gwaith y noson.

Roedd yr hyn a ddigwyddodd yn dal ym meddyliau'r tri pan ddaethon nhw i glywed fod golygyddion cwmni teledu arall wedi cael peth trafferth un noson yn y Stafell Olygu lle y buon nhw'n gweithio. "Yr hyn ddwedodd Jac England wrtha i," meddai Dave, "oedd fod yna ymyrraeth efo'r tâp, llinellau gwynion yn ymddangos – fe fu'n rhaid iddyn nhw roi'r gorau iddi. Y diwrnod wedyn, doedd ein technegydd ni ddim yn gweld fod 'na unrhyw beth o'i le ar y peiriannau. Ond mi ddigwyddodd yr un peth yn union y noson wedyn."

"Ddwedodd o pryd y digwyddodd y trwbwl 'ma?" gofynnodd Linda.

"Roedd hi'n hwyr, meddai fo; ar ôl hanner awr wedi deg. Dyna pryd yr aeth pethau'n flêr y ddwy noson," atebodd Dave.

Bu'n rhaid i Aries ildio un diwrnod o amser golygu i'r cwmni oedd wedi llogi'r lle - am eu bod nhw wedi colli amser oherwydd yr anawsterau technegol hyn.

"Rydych chi'n sylweddoli y bydd yn rhaid inni fod wrthi'n hwyr iawn am dro," meddai Marc, "os ydym ni'n mynd i orffen y gwaith ar y gyfres yma mewn pryd."

Roedd y tri wrth eu gwaith un nos Wener, a phethau wedi mynd yn hwylus iawn. "Dyna ni 'te," meddai Dave, "noson dda o waith."

"A phopeth yn iawn," meddai Linda.

Tynnwyd y tapiau oddi ar y rhiliau a'u dodi'n ofalus mewn caniau. Yna diffoddodd Marc y peiriannau. Roedd y tri ar fynd allan o'r stafell pan fflicrodd sgrîn y prif fonitor yn olau.

"Roeddwn i'n meddwl dy fod ti wedi diffodd pob peth," meddai Dave.

"Mi wnes i hefyd," meddai Marc.

"Be 'di hyn 'te?" gofynnodd Dave.

"Nam technegol," meddai Marc.

"Nage," meddai Linda, "Sbiwch."

Yn y fflicran gwyn a'r lluwch oedd ar y sgrîn dechreuodd wyneb ymffurfio'n aneglur.

"Dydi peth fel hyn ddim yn bosib," meddai Marc. "Does 'na ddim cyswllt trydan, does 'na dim sianel i'w chodi, does 'na ddim tâp yn agos at y peiriant."

"Ond mae 'na lun ar y sgrîn; sbia," meddai Linda.

Daeth y tri at y monitor a syllu'n fanwl arno. Roedd yna wyneb gwyn yn mynd a dod ar y sgrîn. Yna dechreuodd y tri glywed llais egwan iawn. Roedd yr hyn oedd ar y sgrîn fel petai'n ei ailadrodd ei hun, fel darn o dâp yn rhedeg ac yna'n mynd yn ei ôl i'r dechrau eto.

"Wyneb gwraig ydi hwn," meddai Linda.

"A llais gwraig sy 'ma hefyd," meddai Dave.

Yna dechreuodd y llais ddod dipyn bach yn uwch ac yn fwy taer, ond doedd yr un o'r tri'n medru clywed unrhyw eiriau. Ond yr oedd y llais yn llais dioddefus. Syllai'r tri ar y sgrîn wedi eu cyfareddu, ac yn raddol bach dechreusant feddwl eu bod yn codi gair neu ddau.

"'Coban', neu 'lydan' mae hi'n ei ddeud," meddai Dave.

"Mae 'na 'an' yn y gair, beth bynnag," meddai Linda.

"Mae 'na 'ba' yna'n reit siŵr," meddai Marc.

"'Baban' ydi'r gair," meddai Linda. Ac fel yr oedd hi'n dweud y gair, dyma'r wyneb ar y sgrîn yn dod yn glir am hanner eiliad. Yna dyma'r cyfan yn diffodd. Aeth Marc draw at gyswllt y gwifrau â'r trydan, "Roeddwn i'n deud wrthat ti, Dave, fod popeth wedi ei ddiffodd," meddai.

Daeth hwnnw ato a gweld mai felly yr oedd pethau.

"Fe fydd yn rhaid inni ddeud am hyn," meddai Marc.

Gan fod yna anwsterau technegol wedi codi tra roedd un cwmni wedi llogi'r Stafell Olygu, a bod Marc wedi adrodd am eu profiad nhw, fe ddaeth criw o arbenigwyr technegol draw, a mynd trwy'r stafell efo crib mân, gan roi prawf ar bob rhan o bob sysytem. Ddaethon nhw o hyd i ddim byd anarferol; roedd y systemau i gyd yn gweithio'n berffaith. Ac yr oedd popeth yn gweithio'n berffaith tan tua hanner awr wedi deg y nos. Doedd dim byd amdani, felly, ond i'r arbenigwyr technegol ddod i'r stafell am hanner awr wedi deg. A dyna wnaethon nhw. Roedd yna ddau ohonyn nhw, Richard Frost a Morris Bell. Dyma nhw'n rhoi'r system olygu ar waith, a disgwyl. Y noson gyntaf, ddigwyddodd dim byd. Ar yr ail noson, roedden nhw wedi bod yn y Stafell Olygu o ddeg y nos tan un-ar-ddeg, a dim byd o gwbl wedi digwydd. Ond am bum munud wedi un-ar-ddeg fe ddaeth fflach wen danbaid o'r sgrîn. Neidiodd y ddau a oedd wedi bod yn eistedd, ac wedi colli diddordeb yn y sefyllfa ddiddigwydd. Eisteddodd y ddau'n unionsyth o flaen y sgrîn. Ar ôl cryn dipyn o ffrio, daeth llais o bell trwy'r gawod eira oedd ar y sgrîn. Ond 'allai'r un o'r ddau ddeall dim oedd yn cael ei ddweud. Yn raddol sefydlodd y sgrîn a daeth wyneb merch, gwyn iawn, yn amlwg, er gwaethaf y llinellau a ymddangosai bob hyn-a-hyn ar draws yr wyneb hwnnw. Unwaith eto roedd yna rywbeth dioddefus yn y llais. Ar ôl dod dros eu braw cyntaf, meddai Richard, "Alla i ddim deall yr un gair sy'n cael ei ddeud, ond mae'n amlwg ei bod hi'n ceisio deud rhywbeth."

"Beth am ofyn iddi?" awgrymodd Morris.

"Wyt ti'n meddwl ei bod hi'n bod?" gofynnodd Richard.

"Wel, mae 'na rywbeth yn bod yma," meddai Morris. "Fe

ofynna i." A chan wynebu'r sgrîn dywedodd yn araf, eglur, "Be wyt ti ei eisio?"

Ni newidiodd dim ar y sgrîn, ond fe ddistawodd pob sŵn. Yna daeth llais clir iawn yn dweud, "Baban . . . Baban . . . Baban."

"Ble mae'r baban?" holodd Morris yr un mor araf ac eglur ag o'r blaen.

Y tro hwn ffrwydrodd y sgrîn yn oleuadau, a chlywodd y ddau riddfanau torcalonnus, ac ailadroddwyd y gair "Baban". Yna diffoddodd y cwbwl.

"Dwn i ddim be i'w wneud o beth fel hyn," meddai Richard.

"Na finnau, ond mi ddweda iti be – mi wnâi hyn raglen deledu wirioneddol ddiddorol. Ac mae gan bobol ddiddordeb mewn pethau fel'ma," meddai Morris.

"Dyna ddwedwn ni yn ein hadroddiad," meddai Richard.

Rhoddwyd y mater gerbron un o gynhyrchwyr Aries, a gofyn am ei farn. "Mi allwn ni dreulio wythnosau ar beth fel hyn, a Duw a ŵyr a fydd gennym ni unrhyw beth i ddangos am ein llafur a'n harian yn y diwedd," meddai hwnnw. "Dydi hyn ddim yn werth y drafferth. Yn y cyfamser, mae hi'n hanfodol ein bod ni'n gorffen ein cyfres ar 'Blas y Gelli' yn y dyddiau nesa 'ma."

Ac aeth Marc, Linda a Dave ati fel lladd nadroedd yn ystod y dyddiau nesaf i geisio gorffen eu gwaith. "Mi allwn ni orffen y job yma, 'taem ni'n gweithio'n hwyr heno," meddai Marc.

"Rwyt ti'n gwybod be sy'n digwydd wrth weithio'n hwyr yn fa'ma," meddai Linda.

"Ond 'taem ni jyst yn cael dwyawr o waith mi allem ni orffen popeth," meddai Marc.

"Rydw i'n fodlon rhoi cynnig arni," meddai Dave. "Be ti'n ddeud, Linda?"

"Wêl . . . o'r gorau, ond dydw i ddim yn ffansïo mynd trwy'r un peth ag o'r blaen," atebodd hithau.

"Dyna ni 'te," meddai Marc.

Aeth popeth o'r gorau, ac roedd y gwaith bron iawn yn barod, gyda gwaith hanner awr arno wedyn. Ond roedd hi'n chwarter i un-ar-ddeg. Roedd y tri ar bigau'r drain. Ddigwyddodd yna ddim byd ar y sgrîn y noson hon, ond yn sydyn dyma ddrws y stafell yn agor, a chwa o wynt oer yn llifo i mewn iddi. Am funud roedd y tri wedi eu parlysu ond, yn y man, cododd Dave a mynd i'r coridor. Doedd dim byd i'w weld. Aeth y ddau arall ato. Yna, beth ffordd i lawr y coridor, mewn man heb olau yno, wrth ymyl y lle'r oedd y tŷ-bach, dyma ryw siâp gwyn yn ymddangos, a graddol ymffurfio'n fenyw. Roedd hi'n sbio'n syth arnyn nhw. Gyda hynny, dyma nhw'n clywed griddfanau trwm ac ochneidiau. Dyma'r rhith yn estyn un fraich ac yn amneidio arnyn nhw i ddod ati. Symudodd yr un o'r tri. Daliodd y rhith i amneidio, ac yna fe syfrdanwyd y tri gan sgrech benyw mewn poen. Aeth yr amneidio'n fwyfwy taer.

"Mae'n rhaid inni fynd ati," meddai Linda. "Mae 'na rywun mewn poen."

"Ara deg," meddai Dave, "wyddost ti ddim be ddigwyddith."

"Os ydi un yn mynd, mae'n rhaid inni'n tri fynd," meddai Marc.

"Dowch 'te," meddai Linda, gan ddechrau symud yn araf i gyfeiriad y rhith. Mynnodd y ddau arall ddal i fyny â hi. Wrth y drws gyferbyn â'r tŷ-bach, dyma'r rhith yn stopio. Yna'n sydyn hollol, doedd hi ddim yno. Cyrhaeddodd y tri y drws.

"Rhaid inni agor hwn," meddai Linda, â'i llais yn hollol ddi-gryn, er ei bod hi'n welw gan ddychryn.

"Gad i mi," meddai Marc. Cydiodd yn nwrn y drws, a'i droi. Agorodd yn araf deg bach, heb i Marc ei wthio. Trawodd yntau ei fys ar switj y golau, gan fynd i mewn i'r stafell yn araf, araf. Dilynodd y ddau arall. Yna diffoddodd y golau ohono'i hun, a chlepiodd y drws ynghau gan adael y tri mewn tywyllwch caeedig, yn llawn arswyd. Fe fuon nhw felly am ychydig, yna ymrithiodd y wraig mewn gwyn o'u blaenau eto, yn agos agos atyn nhw, ac yr oedd hi'n llenwi'r lle â golau gwelw, marwaidd. Gan edrych yn ddioddefus a dychrynllyd arnyn nhw, estynnodd ei braich yn araf a chyfeirio at un o'r paneli pren oedd ynghanol y stafell, yn codi o'r llawr. Yna diflannodd, ond daeth y golau yn ei ôl yn y stafell heb i neb gyffwrdd dim.

"Mae'n amlwg fod 'na rywbeth yn fan'ma'n ei phoeni hi," meddai Linda, a oedd yn dechrau synio beth oedd yno.

Archwiliodd Marc a Dave y panel. "Fydd hi ddim yn hawdd tynnu hwn," meddai Dave.

"Mi a' i i nôl sgriwdreifar a morthwyl," meddai Marc. "Os galla i agor y drws 'ma."

Agorodd y drws yn rhwydd, ac yr oedd y bylb wrth ymyl y Stafell Olygu'n taflu digon o olau ar hyd y coridor iddo weld ei ffordd yn burion i fan'no. Fe wyddai'n iawn lle i gael gafael ar sgriwdreifar a morthwyl, a dychwelodd gyda nhw ar un waith. Aeth o a Dave ati i ddatod sgriws y panel, ac yna bachu crafanc y morthwyl o dan ben ucha'r panel. Daeth oddi yno'n afrosgo. Doedd dim byd i'w weld yno, ond wal.

"Dwn i ddim be oeddem ni i fod i'w weld yma," meddai Dave. "Ond does 'na ddim byd o gwbwl yma."

Arhosodd y tri'n archwilio'r lle y tu ôl i'r panel am rai munudau.

"Mae'n rhaid fod 'na rywbeth yma," meddai Linda.

"Ond be?" gofynnodd Marc.

Ar hynny, dyma nhw'n clywed sŵn crio ysgafn, ac yna dyma 'na sgrech nes bod y tri ohonyn nhw'n neidio. Roedden nhw'n troi i gythru allan o'r stafell pan welson nhw y ferch wen yn y drws, â chledrau ei dwylo atyn nhw, yn amlwg am eu rhwystro. Arhosodd y tri yn stond. Yna cyfeiriodd y rhith at y lle y bu'r panel eto, a diflannu.

"Mae hyn yn ddigon clir inni i gyd," meddai Linda. "Mae gofyn ichi durio tipyn yn fan'ma."

Tapiodd Dave y wal yn ysgafn efo'r morthwyl. Roedd y sŵn yn sŵn carreg solet – hyd nes y daeth o i'r rhan uchaf o le gwag y panel. "Sŵn gwag," meddai, gan ddechrau dyrnu'n galetach. Craciodd plisgyn o fortar yno. Dechreuodd yntau ei dynnu oddi yno'n ofalus. Ar ôl clirio digon, gwelodd y tri fwndel yn y twll.

"Bydd yn ofalus," meddai Marc. "Mae beth bynnag sy 'na'n mynd i fod yn frau iawn."

Tynnodd Marc y bwndel allan yn garcus, a'i roi ar y llawr.

"Gad i mi ei agor o," meddai Linda. Dechreuodd dynnu'r lliain brau oedd am y bwndel yn ofalus, ofalus. A dyna fân esgyrn yn dod i'r golwg, sef sgerbwd baban, un bach iawn. A hwythau'r tri â'u holl sylw wedi'i ganol-bwyntio ar y sgerbwd, dyma sŵn wylo hidl o'r tu ôl iddyn nhw. Trôdd y tri a gweld y rhith o ferch wen yn dal ei breichiau allan, ei hwyneb yn dangos poen dirdynnol. Roedd hi'n syllu'n dorcalonnus ar weddillion y baban bach, ac yna yn araf, araf pellhaodd, pellhaodd nes nad oedd hi ddim yno mwyach.

Rhoddwyd gwybod i'r plismyn beth oedd wedi ei ddarganfod, a daeth arbenigwyr fforensig yno a dwyn y sgerbwd ymaith. Eu dedfryd oedd mai ffoetws yn agos at amser esgor oedd y sgerbwd. Ni allent ddweud yn bendant beth a ddigwyddodd, ond roedden nhw'n amau fod y ffoetws hwn wedi ei dynnu o'r groth yn greulon. Yr unig beth a ddaeth i'r fei, o ymchwilio hanesyddol, oedd fod meistres un o berchnogion y castell wedi mynd yn wallgof tuag 1860. Yr unig beth arall i'w ddweud ydi fod Marc, Linda, a Dave wedi mynd yn ôl at eu gwaith golygu ddeuddydd yn ddiweddarach, a'i ganfod wedi ei ddarfod, a'i ddarfod yn eithriadol o raenus, a bod yna ryw sglein yng ngwneuthuriad y cyfan oedd yn eu synnu nhw.

Hwyl ddiniwed

Bachgen go ddiniwed oedd Elis Owen. Oherwydd hynny roedd hi'n demtasiwn i fechgyn iachus o normal dynnu arno a gwneud ei fywyd yn boen. Trwy ei amser yn yr ysgol bu'n rhaid iddo ddioddef cael ei drymentio, ei bwisio ac, ar dro, ei guro gan rai alwai'r fath driniaeth yn 'hwyl ddiniwed'. Wnaeth yr un athro na'r un o'i gydnabod wneud dim i geisio'i arbed. Ar ôl iddo ymadael â'r ysgol, yn nechrau pumdegau'r ugeinfed ganrif, gobeithiai fod y baetio didrugaredd hwn ar ben, ond nid felly y bu hi. Daliodd dau, yn arbennig, o'i gyfoedion ysgol ati i gael hwyl yn ei boenydio, sef Dennis Jones a Sydney Watts. Fe allen nhw wneud hyn am eu bod nhw'n gweithio i'r un cwmni ag Elis – y fo yn y swyddfa, a hwythau'n yrwyr lorïau.

Un nos Calan Gaeaf, penderfynodd y ddau geisio dychryn Elis Owen o ddifrif. Roedd Elis yn byw i fyny ochor go serth, gyda'i fam weddw, mewn tyddyn o'r enw Tŷ Mynydd. Âi'r ffordd o'r dref heibio craig ac un o'i chlogwyni'n gwyro'n o uchel uwchben Stryd Fawr y dref, Ucheldre, ar ei ffiniau eithaf. Fe wydden nhw fod Elis am fynd i'r pictjiwrs y noson honno, ac y byddai'n troedio am adref ar ôl bod yn y siop jips ynghanol y dref yn cael sgod a sglod a fimto. Pan oedd Elis yn mynd heibio'r graig roedd

84

y ddau wedi trefnu y byddai un ohonyn nhw'n ei gyfarfod o ar ei ffordd adref, ac yn cogio bach ei fygwth, gan ei gyhuddo o brepian amdanyn nhw wrth bennaeth y cwmni, tra byddai'r llall yn dod o'r tu ôl iddo, rhag ofn iddo geisio dianc y ffordd y daeth. Ac felly y bu hi. Daeth Dennis Jones i'w gyfarfod yn janglian tjaen drom. Er na ddisgwyliai Elis iddo ddefnyddio'r tjaen mewn difrif, doedd hynny ddim yn amhosib.

"A dyma fo, Elis Owen ei hun, y cachgi bach, yn rhedag at Wilias a chario straeon amdana i," meddai Dennis Jones. Pan welodd Elis Owen hwn yn sefyll ar ei ffordd, roedd mewn cyfyng gyngor beth i'w wneud: dal i gerdded neu droi'n ei ôl a'i heglu hi. "Wnes i ddim byd o'r fath, ac mi wyddost hynny," meddai Elis, gan gilio'n ei ôl a throi i redeg. Ond roedd Sydney Watts yn dod i'w gyfarfod. Fe gafodd ei ddal.

"A dyma fo'r snech," meddai Sydney Watts.

Dechreuodd y ddau ei bwnio, ond nid yn rhy galed, ac yna ei dynnu o'r ffordd, dros glawdd bychan, i lain o dir glas oedd rhwng y ffordd a chopa'r graig. Gwnaeth y ddau i Elis sefyll yn beryglus o agos i'r ymyl. "Wyt ti ddim am weiddi ar dy fami!" edliwiodd Dennis Jones, "er mwyn inni gael ei setlo hithau hefyd."

"A be'n union ddeudaist ti wrth Wilias, swci!" meddai Sydney Watts.

Ac fel hyn y bu hi am ddeng munud a'r ddau'n mwynhau gweld ofn a dychryn Elis Owen. "Ydi babi mam yn dechrau crio," meddai Dennis Jones, gan roi gwth iddo. Ond roedd yr wth yn rhy galed; llithrodd Elis dros yr ymyl a disgyn ar y marian garw y tu ôl i'r wal fechan rhyngddi hi a'r Stryd Fawr. Maluriwyd corff Elis Owen. Bu yno'n gwaedu rhwng byw a marw, yn fawr ei ddioddefaint am hanner awr, ac yna bu farw.

"Y blydi idiot," meddai Sydney Watts, wedi ei sgytian drwyddo, "rwyt ti wedi'i ladd o."

"Tyrd i lawr i weld be sy wedi digwydd," meddai Dennis Jones, a oedd, ei hun, wedi dychryn yn enbyd. "Doeddwn i ddim wedi meddwl i bethau droi fel hyn. Dipyn o hwyl . . ." Ni orffennodd ei frawddeg.

"Dydw i ddim yn mynd yn agos ato fo, y diawl gwirion; a 'dei dithau ddim chwaith, os oes 'na rywbeth yn dy ben di," meddai Sydney Watts. "Rydw i'n mynd o'ma."

A mynd oddi yno a wnaeth y ddau.

Bu ymchwilio a chwilmentan, ond i ddim pwrpas. Ac er i arbenigwyr plismyn y cyfnod ddod draw, ddaethon nhw o hyd i ddim byd a allai awgrymu beth yn union a ddigwyddodd i Elis Owen. Dedfryd y cwest oedd, "Marwolaeth trwy ddamwain," er bod yna rywfaint o ystyried yn yr ardal ai "gwneud i ffwrdd â fo'i hun" a wnaeth o. Swatiodd Dennis Jones a Sydney Watts yn dawel a didramgwydd am wythnosau: peidio â chael eu dal oedd y peth mawr iddyn nhw, ac nid unrhyw boen nac edifeirwch am yr hyn a ddigwyddodd i Elis Owen. Fe fuon nhw, hyd yn oed, yn y cynhebrwng, efo'u cydweithwyr yn y cwmni, a ddaru gweld mam Elis Owen yn fan'no â'i bywyd wedi ei falu'n racs ddim cyrraedd at eu calonnau nhw. Aeth Elis Owen o'i fyd caled, mewn gwirionedd, mor ddigydymdeimlad ag y bu'r byd hwnnw tuag ato ar hyd ei oes.

A doedd neb, yn wir, ar wahan i'w fam a dyrnaid o berthnasau, yn gweld eisiau un o anffodusion yr hen fyd yma. Ac ymhen misoedd doedd y rhan fwyaf o bobl y dref y cofio fawr ddim am Elis Owen, ar wahan i'w ddiwedd creulon.

Roedd bywyd yn mynd yn ei flaen 'run fath ag arfer i bawb, bron. Ond ddim yn hollol. Dros ŵyl y Nadolig cafodd dau o boblogaeth Ucheldre dipyn o sioc pan ddaeth dau gerdyn Nadolig wedi eu cyfeirio atyn nhw, Mr Dennis Jones, a Mr Sydney Watts oddi wrth . . . 'Elis Owen'. Daeth y ddau at ei gilydd ar ôl cael y fath sgeg.

"Mae 'na ryw gythral yn chwara tricia," meddai Dennis Jones, "Ac os ca i afael ynddo fo, mi hanner lladda i o."

"Gwnei m'wn!" meddai Sydney Watts. "Wyt ti ddim yn sylweddoli fod hyn yn golygu fod 'na rywun, ella, yn gwybod be ddigwyddodd i Elis. Yn lle bytheirio ac actio fel llabwst, fuasa'n well i ti gau dy geg a bod mor normal ag y gelli di."

"Pwy wyt ti'n ei alw'n llabwst, y diawl?" meddai Dennis Jones.

"Cofia mai chdi 'lladdodd o," meddai Sydney Watts.

Fe roddodd hynny gaead ar hopran Dennis Jones, ac yr oedd fymryn yn barotach i wrando ar ei bartner. "Paid â deud dim wrth neb, dallta. A threia fod mor naturiol ag y gelli di. Os dechreui di ddangos unrhyw wendid, mae hi wedi canu arnat ti."

"Ac arnat tithau hefyd," meddai Dennis Jones.

"Mwy na thebyg," meddai Sydney Watts, "ond cofia di, bob amser, mai chdi 'lladdodd o."

Dyddiad pen blwydd Dennis Jones oedd Chwefror yr Ugeinfed. Cafodd hanner dwsin o gardiau, gan ei fêts. Ond nid yn unig gan ei fêts. Ar un cerdyn roedd y geiriau: 'Pen Blwydd Hapus, ar hyn o bryd - Elis Owen'. Pan welodd Dennis Jones hwn fe roddodd ei galon dro, ac yr oedd wedi cynhyrfu gormod i fynd i'w waith. Fe gadwodd y cerdyn yn sâff iddo fo'i hun. Trawodd Sydney Watts heibio gyda'r nos i weld beth oedd yn bod. Aeth y ddau allan i gael llonydd. "Hyn sy'n bod," meddai Dennis Jones, gan ddangos y cerdyn iddo fo.

"Y **mae** rhywun yn gwybod be ddigwyddodd," meddai Sydney Watts yn bryderus. "Fedrwn ni ond gobeithio na ddechreuith hwnnw ofyn am bres."

"Blacmel wyt ti'n feddwl?"

"Ie, blacmel," meddai Sydney Watts. "Fel o'r blaen, mae'n rhaid i ti a minnau ddal i gau ein cegau a bod mor naturiol ag y medrwn ni. Er, mae'n rhaid i mi ddeud 'mod i'n dechrau pryderu."

"Pa dda ydi hynny?" meddai Dennis Jones. "Wneith ddim byd newid wrth bryderu."

Ar y Trydydd o Ebrill, dyddiad pen blwydd Sydney Watts, fe dderbyniodd yntau gerdyn gan Elis Owen: 'Pen Blwydd Hapus, am y tro olaf – Elis Owen'. Trôdd stumog Sydney Watts wrth weld y geiriau. Penderfynodd fod yn rhaid iddo ddangos ei gerdyn i Dennis Jones. "Mae 'na fygythiad yn hwn," meddai.

"Bygwth na weli di'r un pen blwydd arall?" gofynnodd Dennis Jones.

"Ie," meddai Sydney Watts. "Dydw i ddim yn leicio hyn, ddim o gwbwl. Mae 'na rywun yn y lle 'ma'n gwybod, ac y mae o am wneud i ni'n dau ddiodde."

"Ond pwy allai wybod?" holodd Dennis Jones.

"Dyna ydi'r cwestiwn pwysig," meddai Sydney Watts.

"Ac mi wn i be'r wyt ti'n mynd i ddeud nesa," meddai Dennis Jones. "Actio'n naturiol!"

Roedd hi'n fis Mai. Roedd Dennis Jones ar gychwyn yn lorri'r cwmni efo llwyth am Amwythig, ac wedi eistedd yn sedd y gyrrwr, ac wrthi'n gwneud yn siŵr fod gwydyr ochor y gyrrwr yn ei le priodol, pan welodd o Elis Owen ynddo fo, a gwaed ar ei wyneb. Fferrodd yn y fan a'r lle, ac yna neidio allan yn rhegi. Daeth dau o'r gyrwyr eraill ato a gofyn beth oedd yn bod. "Mae 'na ryw ddiawliaid yn chwarae triciau," meddai yntau.

"Pa driciau?" oedd y cwestiwn naturiol.

"Chwarae o gwmpas efo'n *mirror* i," oedd ei ateb yntau.

O weld y cythrwfwl, daeth Sydney Watts draw, ac wedi i bawb arall glorio oddi yno, gofynnodd beth oedd yn bod, mewn gwirionedd.

"Mi roedd o yma, i'w weld yn blaen yn y *mirror* ochor dreifar," meddai Dennis Jones.

"Pwy oedd i'w weld?"

"Pwy wyt i'n 'feddwl?" meddai Dennis Jones.

"Dwn i ddim pwy, siarada'n blaen."

"Elis Owen . . . yn waed yr ael," meddai Dennis Jones.

"Ti'n dechrau gweld pethau," meddai Sydney Watts. "Ti'n dechrau cracio."

"Cracio fasat tithau hefyd tasa ti wedi gweld be welais i."

Yn ddiweddarach yr wythnos honno, roedd Sydney Watts yn gyrru yn y car bach, rhad, ail-law'r oedd o wedi ei brynu. Wrth ei osod ei hun i droi am y dde, dyma fo'n bwrw golwg o'i ôl trwy wydyr blaen y car. Bu bron iddo fynd yn erbyn car oedd yn dod yr ochor arall i'r ffordd. Yn y gwydyr mi welodd Elis Owen yn eistedd yn waedlyd, greithiog yn sedd ôl ei gar. 'Ddywedodd o ddim byd am hyn wrth Dennis Jones.

Erbyn hyn roedd Dennis Jones a Sydney Watts yn dechrau pryderu o ddifrif, a buont yn dyfalu a dyfalu pwy a allai fod yn gyfrifol am y pethau rhyfedd oedd yn digwydd iddyn nhw. Ond dyfalu'n ofer y buon nhw. Un nos o

Fehefin roedd y ddau allan yn eu tafarn leol, ac wedi hanner ei dal hi. Aeth Dennis Jones allan i'r tŷ-bach, a phan agorodd o ddrws y lle hwnnw i fynd yn ei ôl i'r bar, yno roedd Elis Owen yn sefyll, yn archolledig ond yn hanner gwenu arno. Caeodd y drws yn glep. Bu'n rhaid i Sydney Watts ddod yno i chwilio amdano fo. Mewn cornel yn edrych wedi ei frawychu y daeth Sydney Watts o hyd iddo fo.

"Roedd o yn fan'na, yn y drws 'na," meddai Dennis Jones. "Welais i o, yn blaen."

"Cau dy geg, y ffŵl. Wyt ti eisio i rywun dy glywed di," meddai Sydney Watts. "Tyrd o'ma, rŵan."

Hysiodd o allan o'i flaen ac i'r Stryd Fawr, a chyfeirio ei gamre am adref. Pan oedden nhw'n ddigon pell o bob man a phawb, dywedodd Dennis Jones eto, "Roedd o yna'n sefyll yn y drws, wir-yr. Yn friwiau drosto, ond yn gwenu."

"Rwyt ti'n dechrau gweld pethau," meddai Sydney Watts.

"Wyt ti ddim wedi gweld dim byd?" holodd Dennis Jones.

Arhosodd Sydney Watts yn dawel am funud, yna dywedodd, "Wel, roeddwn i'n meddwl imi weld rhywbeth yn mirror fy nghar . . ."

"A pham na fasat ti wedi deud wrtha i?"

"Am nad oedd 'na ddim byd yno, ac mai gweld pethau'r oeddwn i. Heblaw hynny, mi wyddwn i y basat ti'n gwneud môr a mynydd o'r peth. Yli, mae 'na rwbath yn gwneud inni feddwl ein bod ni'n gweld pethau, pethau nad ydyn nhw ddim yn bod."

"Ddim yn bod! Mi roedd yr hyn welais i wrth ddrws y lle chwech 'na'n bod," meddai Dennis Jones.

"Rydym ni'n *meddwl* fod y pethau 'ma'n bod. Ond dydyn nhw ddim. Dydyn nhw ddim," meddai Sydney

Watts. "Rŵan cer' adre, a llynca gwpwl o asbrins, a dos i dy wely."

"Cwpwl o asbrins, wir!"

"A phaid â chyffroi, da chdi, neu mae 'na rywun yn siŵr o ddechrau amau be sy wedi digwydd," meddai Sydney Watts.

Ddigwyddodd yna ddim byd am bythefnos, ac roedd Dennis Jones a Sydney Watts yn dechrau gobeithio fod popeth rhyfedd ar ben. Yna, ac yntau yn ei wely'n cysgu, fe ddechreuodd Sydney Watts freuddwydio. Roedd ei freuddwyd yn mynd gam a cham trwy'r hyn a ddigwyddodd Galan Gaeaf y flwyddyn cynt. Gwelodd Sydney Watts Elis Owen yn mynd dros yr ymyl. Ond fe welodd o, hefyd, yr hyn na welodd o ar y noson honno. Yn ei freuddwyd yr oedd o yng ngwaelod y graig. Mi glywodd a gwelodd gorff Elis Owen yn ergydio'n arswydus yn erbyn y marian. Gwelodd ei archollion a gwelodd ei waed. Yma deffrodd, yn llawn cynnwrf. Wrth estyn ei law am switj y lamp ger ei wely, llamodd o'i wely wrth deimlo rhywbeth gwlyb wrth ei ochor yno. Rhoddod ei fys ar fotwm golau'r ystafell a ffrydiodd golau melyn ar gnawd toredig Elis Owen. Ni allod beidio â rhoi sgrech nes deffro'r tŷ. Daeth ei dad i mewn trwy'r drws. "Be sy? Wyt ti'n sâl?" gofynnodd, wrth weld ei fab yn sefyll wrth fotwm y golau a gwedd y ddaear arno. Cyfeiriodd at ei wely. Aeth ei dad yno, sgytian y dillad a throi ato a chwestiwn yn ei wyneb. "Be sy?" gofynnodd eto. Erbyn hyn, roedd y mab wedi sylweddoli nad oedd yna ddim byd yn y gwely, a gwnaeth ymdrech gref i'w adfeddiannu ei hun. "Hunlle . . . Mae'n rhaid 'mod i wedi cael hunlle," meddai wrth ei dad.

"Hunlle a hanner ddywedwn i," meddai ei dad. "Mi a' i i lawr i wneud paned iti."

"Na, dad," meddai Sydney Watts, "mi wna i baned i mi fy hun. Doswch chi'n ôl i'ch gwely."

A mynnodd fynd i lawr ar ei ben ei hun, a chael cyfle i ddod ato'i hun wrth wneud ei baned. Ddywedodd o ddim byd am hyn wrth Dennis Jones.

Bu cyfnod tawel, diddigwydd wedyn, a phasiodd yr haf heibio. Roedd hi'n ganol Medi, ac roedd yna lythyr wedi'i gyfeirio at Dennis Jones yn ei ddisgwyl pan ddaeth o adref o'i waith. Agorodd yntau'r amlen. Bu agos iddo syrthio pan ddarllenodd yr hyn oedd wedi ei sgrifennu, mewn inc coch, ar y ddalen wen:

'Fydd hi ddim yn hir rŵan.

Hwyl,

Elis Owen.'

Aeth allan, ar un waith, i dŷ Sydney Watts, ac wedi cael hwnnw o'r naill du, dyma ddangos y llythyr iddo fo.

"Mae hyn wedi dechrau eto felly," meddai hwnnw.

"Be mae hyn yn ei feddwl?" gofynnodd Dennis Jones mewn penbleth wirioneddol.

"Sut y gwn i be mae o'n ei feddwl!" dywedodd Sydney Watts yn ddiamynedd. "Os nad oes 'na rywun am ein gwaed ni."

"Am ein gwaed ni! Ond pwy?"

"Pwy wyt ti'n ei feddwl?" gofynnodd Sydney Watts.

"Ond 'all hyn'na ddim bod. Mae o wedi marw," meddai Dennis Jones.

"Wedi cael ei ladd," meddai Sydney Watts.

"Lladd, marw; dydi o ddim yn bod," meddai Dennis Jones.

"Ond mae 'na rywbeth yn bod," meddai Sydney Watts yn frawychus o dawel.

Roedd hi'n ddechrau Hydref pan ddaeth y llythyr nesaf. At Sydney Watts y daeth hwn. Unwaith eto roedd o wedi'i sgrifennu mewn inc coch, neu . . . Ni hoffai Sydney Watts feddwl mewn beth. Neges fer oedd yna:

'Calan Gaeaf.

Hwyl ddiniwed,

Elis Owen.'

Dechreuodd Sydney Watts a Dennis Jones frawychu fwyfwy fel y dynesai Calan Gaeaf.

"Mi awn ni o'ma," meddai Sydney Watts.

"I ble?"

"Di o ddim ots i ble. Mi awn ni."

Ar yr Unfed dydd ar Ddeg ar Hugain o Hydref fe aeth y ddau ohonyn nhw i Drewylan, tref glan y môr a oedd rhyw ddeugain milltir o Ucheldre, ac aros mewn lle Gwely a Brecwast.

Y noson honno dyma'r ddau allan ac i dafarn yn y dref. Fe fuon nhw yno tan tua deg. Yna fe ddaru nhw ymlwybro'n ôl at eu llety. Ar ôl troi i mewn i libart y lle hwnnw, a dynesu at y drws fe ddaeth golau-croeso arnodd uwchben y porth.

"Gen ti mae'r goriad yndê," meddai Dennis Jones.

"Ie," meddai Sydney Watts, gan estyn i'w boced i'w 'nôl o.

"Mae 'na rywun wrth y drws," meddai Dennis Jones.

Edrychodd Sydney Watts ac, yn wir, yr oedd yno rywun wrth y drws. Ond siâp yn hytrach na dim oedd o.

"Efallai fod 'na rywun wedi anghofio'i oriad a chael ei gloi allan," meddai Sydney. Yna fferrodd, a safodd Dennis Jones yn stond hefyd. Yno, yn dod yn araf atyn nhw roedd ffigwr gwlyb, fel yr ymddangosai. Yna fe ddaeth dan lif y golau a gallai'r ddau weld fod cudynnau ei wallt yn waedlyd, a bod archollion yn rhychau ar ei wyneb a'i

93

ddwylo. Roedd y bod hwn yn dynesu'n araf atyn nhw a'i ddau lygad gwag yn rhythu arnynt. Yna safodd, a daeth cysgod gwên oer, oer dros ei wyneb.

"Elis Owen!" meddai Dennis Jones, a'r geiriau fel pe baen nhw'n cael eu tynnu allan ohono fo.

Nid agorodd y bod gwaedlyd, oedd o flaen y ddau, ei enau ond clywodd y ddau y geiriau,

"A dyma fo'r snech," ac

"Wyt ti ddim am weiddi ar dy fami?"

Yna estynnodd y ffigwr gwaedlyd ei ddwylo allan, fel pe bai'n eu croesawu. Ar yr un pryd fe drôdd Sydney Watts a Dennis Jones ar eu sodlau a'i sgrialu hi allan trwy giât agored y llety, ac i'r ffordd fawr. Digwyddodd hyn ar yr un pryd ag yr oedd y bws olaf i Drewylan yn pasio'r tŷ. Gwelodd y ddau flaen bws a'i oleuadau, a chlywed sgrech y brêcs. Ond ni allai'r un gyrrwr fod wedi osgoi mynd yn eu herbyn. Cyn pen ychydig funudau roedd y lle'n ferw, a dau gar plismyn yno'n troelli goleuadau gleision, cyn i ambiwlans gyrraedd a mynd â dau gorff rhacsiog, gwaedlyd i ysbyty Trewylan. Aethpwyd â gyrrwr y bws yno hefyd, a'r dyn druan yn crynu gan sioc a dychryn.

Rai dyddiau'n ddiweddarach, ar ôl yr holl ymchwiliadau a threfniadau, mam a thad Dennis Jones, a mam a thad Sydney Watts oedd yn wylo mewn angladdau. Wrth i arch Dennis Jones lithro i'r pridd trwm, cododd ei fam ei phen, a gallai dyngu ei bod wedi gweld yr hogyn ifanc hwnnw, a laddwyd y llynedd, yn sefyll wrth garreg fedd, a hanner gwên ar ei wyneb.

Y gadair

Roedd Mrs Jane Winters yn berchennog Siop Hen Bethau lwyddiannus yn Rhydychen. Un diwrnod ym mis Mai daeth cwsmer, James Mackenzie, i mewn a gofyn iddi a fyddai ganddi ddiddordeb mewn prynu hen gadair dderw, brin iawn, o'r Alban, cadair yr oedd y dyddiad arni, sef 1684, wedi ei gadarnhau gan arbenigwr cydnabyddedig, Rudolf Franz, fel un cywir. Ychwanegodd fod yna draddodiad mai hon oedd y gadair lle rhoddid gwrachod i eistedd tra rhoddid nhw ar brawf i gael eu condemnio, yn amlach na heb, i farw, diniwed neu beidio, a hynny'n aml trwy foddi neu losgi. Mynegodd Mrs Winters ei diddordeb, gan ffrwyno ei brwdfrydedd – fel yr oedd hi, fel gwraig fusnes graff, wedi dod i arfer gwneud.

"Ble mae'r gadair ar hyn o bryd?" gofynnodd Mrs Winters i Mr Mackenzie.

"Mae hi gen i mewn warws ddodrefn yn Reading," meddai yntau.

"Mi ddo i draw i'w gweld hi fwrw'r Sul," meddai hithau.

A threfnwyd hynny, gyda Mr Mackenzie'n rhoi cyfarwyddiadau iddi sut i ddod i'w gartref o, er mwyn iddo fo fynd â hi i'r warws. Yn y cyfamser, sieciodd Mrs Winters ar hynny o hanes y gadair oedd ar gael, a chysylltodd â Rudolf Franz. Cadarnhaodd hwnnw fod yr hyn a ddywedodd Mr Mackenzie yn gywir.

Gyda'r wybodaeth gefndirol hon, a chan fod yn gwbwl hyderus yn ei barn hyfforddedig a phrofiadol hi ei hun, aeth Mrs Winters draw yn fân ei busnes i Reading. Ar ôl cyrraedd y warws, a chael mynediad, agorodd Mr Mackenzie'r adran ohoni'r oedd o'n ei llogi. Yr oedd sawl math o ddodrefn yno, ond tynnodd un gadair sylw Mrs Winters yn syth; yn wir, roedd yna rywbeth yn y gadair oedd fel pe'n ei denu ati.

"Ie, hon'na ydi'r gadair," meddai Mr Mackenzie.

Aeth hithau yn ei blaen i archwilio'r gadair yn drylwyr iawn.

"O'r gorau," meddai hi wrth Mr Mackenzie, "faint ydi'r pris yr ydych chi'n ei ofyn?"

"Dwy fil o bunnau," meddai yntau.

Gwyddai'r ddau ohonyn nhw mai dechrau'r gêm o fargeinio oedd hyn. Cymerodd Mrs Winters ei hamser i'w hystyried, tynnodd sylw at fân nam ar un goes i'r gadair, a dywedodd, "Rydw i'n fodlon cynnig Mil a Hanner."

Wfftiodd Mr Mackenzie y cynnig, a dweud ei fod wedi cael cynnig llawer iawn gwell na hwnnw'n barod. Ond, wrth gwrs, doedd o ddim am ddweud beth oedd y cynnig hwnnw. Ystyriodd Mrs Winters eto, ac yna dywedodd, "Mi gynigia i Fil Saith Gant."

Doedd dim golwg dyn bodlon ar Mr Mackenzie. Ysgydwodd ei ben, a dweud, "Na'n wir, alla i ddim gadael iddi fyd am y pris yna."

Heb aros dim hwy, dywedodd Mrs Winters yn gadarn, "Mil Wyth Gant, a dyna ydi 'nghynnig terfynol i."

Ysgydwodd Mr Mackenzie ei ben yn drist. Cychwynnodd Mrs Winters fynd allan.

"Arhoswch funud bach," meddai. "Rydych chi'n taro bargen galed, ond mi adawa i iddi fynd am Fil Wyth Gant – er na wna i ddim elw wrth adael iddi fynd am y pris yna."

Ond gadael iddi hi fynd a wnaeth o. Ar ôl iddo dderbyn siec gan Mrs Winters, halio'r gadair yn ofalus i gefn ei fàn hi, a mynd â hi am ginio ysgafn i dafarn yn Reading, ac iddi hithau ffarwelio a mynd am Rydychen, yna fe wenodd Mr Mackenzie, a rhwbio ei ddwylo'n foddhaus. Yn ei fàn, gwenodd Mrs Winters hefyd, gan wybod o'r gorau beth oedd gwir werth y gadair.

Aeth Mrs Winters â'r gadair adref i'w bwthyn braf ar gyrion Rhydychen. Ar ôl iddi hi a'i gŵr, Harold, dynnu'r gadair o'r fàn a'i rhoi i sefyll ar y lawnt o flaen y tŷ, dywedodd hwnnw ei bod hi'n gadair anarferol iawn. Wrth iddo sefyll yn ei hedmygu, dywedodd Mrs Winters, "Ydi mae hi. A wy'st ti be, mae hi mor anarferol nes fy mod i am ei chadw hi i mi fy hun."

"Chdi ŵyr dy bethau," meddai yntau. "Ond y mae hi'n gadair ryfeddol, ac mewn cyflwr rhagorol iawn."

"Mi rown ni hi ar y landing," meddai hithau. 'Chafwyd dim trafferth i'w chario hi yno.

Roedd grisiau llydan yn arwain o gyntedd drws ffrynt y bwthyn i led sylweddol o landing a oedd o flaen ffenest. Ar y dde'r oedd gris i fynd i lofft. Ar y chwith, estynnai'r landing yn braf ar hyd lled y bwthyn, gyda thro i'r chwith i fathrwm yn y pen draw. Ar hyd y landing hwn yr oedd y drysau i ddwy lofft nobl.

"Mi rown ni hi ar ganol y landing yma rhwng y ddwy lofft," meddai Mrs Winters.

"Iawn," meddai ei gŵr.

Ac felly y bu.

"Mae hi'n cymryd ei lle'n iawn yn fan'na," meddai Harold Winters.

Bore drannoeth, synnwyd y ddau pan welson nhw fod y

gadair wedi symud nes ei bod hi'n cau'r ffordd i'r bathrwm. Ar ôl ceisio dyfalu sut yn y byd y digwyddodd hyn, symudwyd hi'n ei hôl. Ond wrth iddyn nhw symud y gadair fe deimlodd y ddau ohonyn nhw fod rhyw falais annymunol iawn, oedd yn codi ofn ar y ddau, ar y landing.

"Mae 'na rywbeth yn òd ar y landing 'ma," meddai Harold.

"Wyt tithau'n teimlo'n rhyfedd?" gofynnodd Jane.

"Mae 'ma rywbeth nad ydi o ddim yn iawn," meddai Harold.

"Fel petai rhyw ddrwg. . ."

"Rhyw ddrwg, dieflig, yma," meddai Harold.

"Wyt ti'n meddwl fod yna ddrygioni'n dilyn y gadair yma?" gofynnodd Jane.

"Taset ti wedi gofyn hyn imi ddoe, mi faswn i wedi chwerthin am dy ben di," meddai Harold, "ond heddiw . . ."

"Mi gawn ni weld," meddai hithau. Ac aeth y ddau i'w gwaith, yn anesmwyth.

Jane Winters gyrhaeddodd adref gyntaf. Doedd hi ddim yn edrych ymlaen at fynd i mewn. Ar ôl iddi agor y drws, a chamu dros y trothwy dyma hi'n teimlo grym drygionus yn dod i lawr y grisiau tuag ati. Bron iawn na theimlai freichiau anweledig yn gafael amdani. "Dydi peth fel hyn ddim yn bosib," meddai wrthi ei hun yn benderfynol, a'i gorfodi ei hun i fynd i fyny'r grisiau. Roedd y gadair wedi symud eto. Unwaith eto roedd hi o flaen drws y bathrwm, ac fel petai hi'n ei herio. Roedd ofn oer wedi gafael yn Jane Winters, ond fel un oedd wedi rhoi'r gorau i bob ofergoel ers ei phlentyndod, cydiodd yn heriol ym mreichiau'r gadair a'i llusgo hi i'r lle'r oedd hi cynt. Trwy'r broses o lusgo roedd y gadair fel pe'n gwrthsefyll ei hymdrechion, ac roedd ei harswyd hi'n cynyddu, cynyddu; ond mynnodd orffen y gwaith. Yna rhuthrodd i lawr y grisiau ac i heddwch ei chegin. Ni symudodd oddi yno nes i'w gŵr gyrraedd adref.

Teimlodd yntau awyrgylch o falais ac ofn pan agorodd yntau'r drws ffrynt. "Jane," gwaeddodd. "Jane."

Daeth hithau o'r gegin.

"Wyt ti'n iawn?" gofynnodd.

"Ydw, rŵan. Ond doeddwn i ddim ychydig bach yn ôl. Roedd y gadair 'na wedi symud eto. Mi ges i drafferth fawr i'w chael hi'n ei hôl i'w lle."

"Wnest ti hynny ar dy ben dy hun?"

"Do. Roeddwn i'n benderfynol o beidio ildio i beth bynnag ydi'r drwg sydd ynddi hi," meddai Jane Winters.

"Mae 'na rywbeth annymunol iawn i'w deimlo yma, rhywbeth na alla i ond ei ddisgrifio fo fel drwg," meddai Harold Winters. "Ac rydw i'n gwybod yn iawn na ddylwn i ddim teimlo dim byd o'r fath am nad ydw i'n credu mewn dim byd fel'ma, mwy na chdithau."

"Yli, rydw i'n teimlo'n anesmwyth, a dydw i ddim am adael y gadair 'na ar y landing heno," meddai Jane.

"Rydw i'n teimlo'r un fath," meddai Harold. "Tyrd, mi symudwn ni hi rŵan."

Ac i fyny â nhw i'r landing. Fel roedd hi'n nesu ati hi, teimlodd Jane fel petai breichiau'r gadair yn estyn amdani i gau amdani. 'Ddywedodd hi ddim am hyn wrth ei gŵr. Aeth heibio i'r gadair a gafael yn ei chefn.

"Tyrd rŵan, mi shifftiwn ni hi," meddai.

Gafaelodd Harold o dan sedd y gadair, a'i chodi ar yr un pryd â Jane, ac aeth o wysg ei gefn i lawr y grisiau a'i wraig yn ei ddilyn. Roedd o hanner y ffordd i lawr y grisiau pan deimlodd y gadair fel pe bai'n ei wthio, a theimlodd ei wraig fod y gadair yn mynd o'i gafael. Ond rhoddodd hi blwc sydyn yn ôl iddi a chydio yn un o ffyn y canllaw.

Llwyddodd ei gŵr i gael ei draed dano unwaith eto.

"Mae hon 'run fath â rhywbeth byw," meddai wrth ei wraig.

"Neu rywbeth nad ydi o ddim wedi marw," meddai hithau gan glensian ei dannedd wrth reoli'r gadair. Cyrhaeddodd y ddau, a'u baich, waelod y grisiau.

"Lle rwyt ti am inni ei rhoi hi?" gofynnodd Harold.

"Mi'i rhown hi yn fan'ma, o dan y ffenest," meddai hithau, gan olygu'r ffenest wrth ochor y drws ffrynt. Ac yno y rhoddwyd hi, yn dal i lenwi'r lle â bygwth ac arswyd.

Aeth Jane a Harold allan y noson honno i edrych am ffrindiau iddyn nhw, sef Y Parchedig Clive Walters, rheithor yr eglwys nesaf atynt, a'i wraig Naomi. Dros swper fe adroddodd Jane yr hanes, a'i gŵr bob hyn a hyn yn porthi ac yn cadarnhau'r hyn a ddywedai. Roedd y Parchedig Clive Walters mor chwilfrydig ynglŷn â'r gadair fel y gofynnodd a gâi ddod yn ôl i'w tŷ gyda Jane a Harold y noson honno. Roedden nhw'n fwy na bodlon iddo ddod. Wrth iddo ddilyn car y Winters yn ei gar ei hun, a dod i mewn trwy giât eu bwthyn bu bron i'r Parchedig Walters fynd yn batj i'r postyn giât. Ar ôl iddo gyrraedd at y libart o flaen y tŷ, soniodd ei fod wedi cael trafferth difrifol i gadw ei gar ar y llwybr iawn. "Roedd rhyw rym yn tynnu yn f'erbyn i," meddai, ac ychwanegu," dydi hyn ddim yn argoeli'n dda."

Agorodd Harold Winters y drws ffrynt. "Mi a' i i mewn yn gyntaf, os nad oes ots gennych chi," meddai Walters.

"Mi fyddai hynny'n iawn," meddai Harold, "ond mi fydd yn rhaid i mi fynd i mewn i roi'r golau arnodd ac i ddiffodd y larwm."

"Mi fydda i'n dynn yn dy sodlau di," meddai Walters.

Teimlai'r ddau yr un awyrgylch o falais ac arswyd ag a

deimlodd Jane a Harold yn gynharach wrth iddyn nhw fynd dros y trothwy. Er mawr syndod i'r tri, a oedd erbyn hyn yn y tŷ, fe welson nhw fod yna jac-do nobl yn eistedd ar gefn y gadair, yn ddu bitj, ar wahan i'w lygaid glas-golau. Wrth eu gweld, cawciodd yn groyw, ond symudodd o ddim.

"Wel dyma'i diwedd hi," meddai Jane. "Mi fydd yn rhaid i hon fynd o'ma'r peth cynta yfory."

"Does dim posib fod hwn," meddai'r Parchedig Walters, gan amneidio tuag at y jac-do, "wedi dwad i mewn trwy ffenest agored, neu rywbeth?"

"Sbia drosot dy hun," meddai Harold. "Mae'r ffenest yma'n gaead ac ar glo."

Aeth Walters ati, a gweld ei bod felly. Aeth Harold ag o trwy'r tŷ, a dangos iddo fod pob ffenset ar y llawr ar glo, a'i sicrhau fod pob ffenest yn y llofft wedi ei chloi.

"A does yna ddim posib ei fod o wedi dwad i lawr corn simnai?" gofynnodd Walters.

"Mae 'na gowl ar yr unig gorn sy 'ma," meddai Jane. Yna ychwanegodd, "Dydw i ddim yn hoffi golwg hwn," sef y jac-do.

Ar hynny, rhoddodd hwnnw gawc galed, a gallai Jane daeru ei fod o'n syllu, a hynny'n fileinig arni hi.

"Mae'n rhaid inni ei hel o allan," meddai'r Parchedig Walters.

Agorodd Harold y drws ffrynt led y pen, a nesaodd Walters at yr aderyn. Estynnodd ei law ato'n araf. Herciodd yr aderyn ei ben ond gan gadw'i olwg yn dynn ar y llaw, a phan oedd honno o fewn modfeddi iddo dyma fo'n rhoi pigiad egr iddi, gan dynnu gwaed.

"Arhosa funud," meddai Harold, "mae gen i rwyd sgota allan yn y cefn. Mi a' i i'w nôl hi."

"A gad i minnau gael golwg ar y briw 'na," meddai Jane

wrth Walters, gan ei arwain at y gegin i olchi'r briw a rhoi antiseptig arno. Erbyn i bawb ddod yn eu holau, roedd y jac-do wedi mynd. Ond roedd yna deimlad o atgasedd du fel petai o'n tywallt o'r gadair.

"Mae'n rhaid ichi gael gwared o hon," meddai'r Parchedig Walters. "Does dim dwywaith fod yna felltith ynddi hi."

"Ond sut y mae hynny'n bosib?" gofynnodd Jane, "cadair ydi cadair."

"Ond nid pob cadair sydd â hanes fel hon," meddai'r Parchedig. "A'r peth pwysig i chi'ch dau ydi, nid ceisio dadlau nad ydi cario melltith fel hyn ddim yn bosib, ond cael gwared arni hi. Mi fedrwch bendroni am ystyr y peth wedyn. Rydw i wedi gweld peth fel'ma ddwywaith o'r blaen – un yn grocbren oedd yn cario melltith beryglus iawn. Ac wrth beryglus rydw i'n golygu rhyw allu i beri niwed i gorff a meddwl."

"Allwn ni ddim cael gwared ohoni hi heno," protestiodd Jane. "Heblaw hynny, mae hi'n gadair ddrud iawn."

"Mi ffonia i Naomi, ac mi arhosa i yma heno efo chi, os leiciwch chi," meddai'r Parchedig Walters.

"Mi fasa'n dda iawn gen i petai ti'n gwneud," meddai Jane.

A dyna a ddigwyddodd.

"Mi arhosa i ar y soffa yn y cyntedd yma," meddai Walters.

"Ydi hynny'n beth sâff i'w wneud?" holodd Harold.

"Mi arhosa i, peidiwch chi â phryderu," meddai Walters.

Noswyliodd Jane a Harold Winters yn anesmwyth. "Cofia di weiddi, os digwyddith rhywbeth," meddai Jane. "Rydw i wedi gadael pethau iti wneud coffi a thamaid iti dy hun yn y gegin, ac mi wyddost lle mae'r toilet sy allan trwy ddrws y gegin. Nos dawch."

"Nos dawch," meddai'r Parchedig. Wedi iddyn nhw fynd estynnodd lyfr o un o'r silffoedd gerllaw. Gweddïodd, fel y gwnâi bob nos.

Bu'n noson dawel hyd tua thri y bore, ac roedd y Parchedig Walters yn ei chael hi'n anodd i gadw'n effro. Roedd o rhwng cwsg ac effro, pan gafodd gip o rywbeth du'n dod ac eistedd yn y gadair. Rhoddodd y profiad ysgytiad iddo nes ei fod yn lân effro, ond doedd dim i'w weld yn y gadair. Eto, teimlai'n gryf iawn fod yna rywbeth yno; rhywbeth oedd yn ei herio'n dywyll. Daliodd yntau i eistedd ar y soffa ac i edrych yn ddiosgo ar y gadair. Bob hyn-a-hyn ymddangosai siâp tywyll yn annelwig yn y gadair, ac yna diflannai. Gwyddai'r Parchedig Walters ei bod yn fater o ewyllys rhyngddo fo a'r grym ysgeler oedd yna yn y gadair. Rywbryd tua chwech y bore, teimlodd y Parchedig yr awyrgylch yn ysgafnhau, yn enwedig wrth i belydrau cynnar yr haul gryfhau. Syrthiodd yntau i gysgu, wedi ymlâdd.

Ar ôl i Jane a Harold godi, dywedodd sut y bu hi arno'n ystod y nos. Roedd y ddau ohonyn nhw wedi cysgu'n rhyfeddol o dda, gan deimlo, meddai'r ddau, fel pe bai rhywun yn eu gwarchod. Ar ôl brecwast, cariodd Harold a'r Parchedig Walters y gadair i gefn y fàn, a gyrrwyd hi i'r siop. Ac yno y bu hi, heb neb ond Jane yn ymwybodol o'i gallu tywyll.

Y diwrnod wedyn, aeth Jane Winters i'w siop yn ôl ei harfer. Pan agorodd y drws a mynd i mewn dychrynwyd hi o weld fod y lle'n llawn o bryfed cop duon. Ac ar sedd y gadair roedd yno glamp o bry cop mawr, o faint llygoden. Aeth allan o'i siop ac ar ôl tipyn o chwilio yn llyfr ffôn y siop drws nesaf, cafodd hyd i gwmni oedd yn cael gwared o 'fermin'. Cliriodd dau o ddynion y cwmni hwnnw'r lle, gan ddweud na welson nhw erioed gymaint o bryfed cop gyda'i gilydd, ac na chlywson nhw ddim am y fath beth ychwaith – ar wahan i un achlysur yn yr Alban.

Aeth Jane Winters ati, ar un waith, i gysylltu â threfnwyr Ffair Werthu Hen Bethau yn Llundain. Yr wythnos ganlynol gwerthwyd y gadair, 'gyda rhybudd' Mrs Winters. Ond wnaeth hynny ddim ond gyrru ei phris yn uwch nag unrhyw ddisgwyl. Gwelodd Mrs Winters y wraig a'i prynodd. Aeth mor bell â'i holi, dros y ffôn, yr wythnos ganlynol sut yr oedd pethau. "Siort orau," oedd ateb honno, un o'r enw Monique Thatj-Strega, "rydw i'n meddwl fy mod i wedi cael bargen." Rai wythnosau'n ddiweddarach, mewn rhaglen deledu ar yr ocwlt, gwelodd Mrs Winters Ms Thatj-Strega eto, yn honni bod yn ben ar gwfen o wrachod 'gwynion', ac yn tynnu sylw at yr holl fenywod druan a lofruddiwyd – "Mor greulon, mor gyfreithlon!", fel y nododd – gan awdurdodau gwladol ac eglwysig.

Nid lle i fyfyrwyr

Roedd Catrin a Llinos, Gwenllian a Marian ym mlwyddyn olaf eu cyrsiau yn y brifysgol. Roedd Catrin a Llinos ar eu trydedd flwyddyn, blwyddyn graddio; a Gwenllian a Marian ar eu pedwaredd flwyddyn, ac am ddilyn y Cwrs Hyfforddi yn y Gyfadran Addysg. Roedd y pedair wedi bod ar hyd ac ar led yn ystod y gwyliau, yn gweithio, ac am seibiant yng Ngwlad Groeg, a phan ddaethon nhw adref, a mynd i chwilio am lety ar gyfer eu blwyddyn olaf fe gawson nhw dipyn o drafferth yn cael hyd i le. Buont yn Swyddfa Lety'r coleg, a chael rhestr go dila o gyfeiriadau, ac wedyn fe fuon nhw'n trampio cryn dipyn cyn cael gafael ar fflat, nid annymunol, ar drydydd llawr tŷ nobl o'r enw 'Afallon', o fewn cyrraedd hawdd i'r coleg.

Ar ddechrau'r tymor dyma deulu'r pedair yn eu cario nhw, a'u paciau, i'w Hafallon, gyda'u tadau – chwarae teg iddyn nhw – yn cario'r paciau mawr i fyny'r grisiau i'r hafan o dan y to. Bu eu mamau'n gwneud mor siŵr ag oedd bosib fod eu genod mewn lle mor gysurus ag y gallai fod. Roedd yna ddwy lofft – un lle'r oedd Llinos; a'r llall, sef llofft dau wely, lle'r oedd Gwenllian a Marian – a'r bathrwm i gyd yng nghefn y tŷ. Roedd y drydedd lofft, sef llofft Catrin, a'r stafell oedd yn gegin ac yn lle-byw, yn y ffrynt. Ar ôl paneidiau a theisennau cri, dyma'r teuluoedd yn ffarwelio, a'r genod yn setlo i lawr ar gyfer eu blwyddyn. A bu popeth yn dda – am gyfnod o fisoedd.

Yn ystod yr ail dymor, roedd Gwenllian a Marian gartref,

wedi bod yn ddigon ffodus i gael gwneud eu Hymarfer
Dysgu yn eu hen ysgolion, felly roedd Catrin a Llinos yn y
fflat ar eu pennau eu hunain. Un nos Sul, a hwythau wedi
dychwelyd ar ôl bod adref, roedd Catrin yn darllen yn ei
gwely, a Llinos yn cael bath. "Llinos": fe glywodd Catrin yn
glir lais geneth, neu efallai fachgen ifanc, yn galw enw ei
ffrind. Roedd hi'n dechrau ei hamau ei hun, pan ddaeth y
llais eto, yn hollol glir, yn galw: "Llinos. . . Llinos". Er ei bod
yn gwybod fod hynny'n amhosib, fe gododd Catrin a mynd
at y ffenest, a hyd yn oed ei hagor. Agorai honno i'r to ac,
yn sicir, doedd yna'r un enaid yn fan'no. Ac fe wyddai ei
bod hi'n rhy uchel iddi glywed neb yn galw o'r ffordd dan
y tŷ. Caeodd y ffenest, mynd o'i llofft i'r lobi, a arweiniai at
y grisiau, tynnu yn y drws stiff oedd ar ben y grisiau, a
rhoi'r golau arnodd; ond doedd neb i'w weld yn unman.
Caeodd y drws a mynd i'r lle-byw. Daeth Llinos o'r
bathrwm, a mynd i'r lle-byw i sychu ei gwallt. Roedd
Catrin yno'n gwneud paned. 'Ddywedodd hi ddim wrth
Llinos am yr hyn oedd newydd ddigwydd. A hithau wedi
sychu ei gwallt, ac yn ei gribo'n ôl, dyma rywbeth yn
dechrau ei hel yn ei flaen dros ei thalcen. "Mae'n rhaid fod
'na foltiau o statig yn fy ngwallt i!" meddai wrth Catrin.
"Sbia be sy'n digwydd." Cribodd ei gwallt yn ei ôl ac,
unwaith eto, dyma fo'n cael ein hel yn ei flaen dros ei
thalcen. Roedd yn amlwg iawn i Catrin nad statig oedd yn
gyfrifol am yr ymyrraeth â gwallt ei ffrind, ond
'ddywedodd hi ddim, rhag codi ofn arni hi. Ond, cyn pen
dim, roedd Llinos wedi sylweddoli drosti ei hun fod yna
rywbeth rhyfedd yn digwydd, a dechreuodd ofni.

"Mae 'na rywbeth òd yn fan'ma," meddai hi wrth Catrin.
"Sbia." Unwaith eto, sgubodd rhywbeth ei gwallt dros ei
thalcen. Yna fe beidiodd. Penderfynodd y ddwy fynd i'r
llofft efo dau wely, er mwyn iddyn nhw fod yn gwmni i'w

gilydd am y noson honno. Pan oedden nhw yn eu gw'lâu ac yn drydannol o effro, dyma'r ddwy'n clywed llais yn galw'n glir: "Llinos . . . Llinos . . . Llinos."

"Glywaist ti rywbeth?" gofynnodd Catrin.

"Do siŵr," meddai honno. "Mae 'na rywun yn galw f'enw i."

"Mae o wedi galw o'r blaen hefyd," meddai Catrin. "Mi wnaeth hynny tra roeddet ti yn y bath. Mi es i i chwilio hyd y lle 'ma, ond welais i ddim byd."

"Ond mae hi'n amhosib i neb fod o gwmpas yn y topiau 'ma," meddai Llinos. "Sbiaist ti ar ben grisiau?"

"Do," atebodd Catrin. "A doedd 'na neb yno."

"Be ti'n feddwl sy 'ma?" gofynnodd Llinos wedi dechrau brawychu.

"Wn i ddim," meddai Catrin. "Ond dydi hyn ddim yn naturiol."

"Ti'n deud wrtha i!" meddai Llinos.

Ond ar ôl yr alwad, aeth pob man yn ddistaw, ddistaw. Cyn bo hir roedd y ddwy'n cysgu, a chawsom nhw mo'u haflonyddu wedyn – y noson honno.

Dair noson yn ddiweddarach, am hanner awr wedi deg, a'r ddwy yn cael paned yn y lle-byw, dyma'r ddwy'n teimlo awyrgylch y lle'n mynd yn drymaidd, drymaidd, ac yn oer. Yna dechreuodd rhywbeth ymyrryd â'u gwalltiau, gan eu sgubo ymlaen dros eu talcennau. Fel y gellid disgwyl, roedd y ddwy wedi dychryn yn enbyd. Ond darfu'r cyfan ymhen pum munud, ac ysgafnodd yr holl awyrgylch.

"Be ti'n feddwl ydi hyn?" gofynnodd Llinos.

"Sgen i ddim syniad, ond mae 'na rywbeth fel petai o'n aflonyddu ar y lle 'ma," meddai Catrin.

"Mae o'n sicir yn aflonyddu arna i," meddai Llinos. "Fe fydd yn rhaid inni fynd i chwilio am le arall."

"Fydd hynny ddim yn hawdd," meddai Catrin, "ac rydym ni o'n pedair wedi arwyddo cytundeb am flwyddyn. Mi gollwn ni bres, os symudwn ni."

"Ond doedd cael rhwbath, heblaw ni, yma ddim yn rhan o'r fargen!" meddai Llinos.

"Ti'n iawn yn hyn'na o beth," meddai Catrin. "Mi awn ni i gael gair efo'r dyn sy'n gosod y lle."

Drannoeth aeth y ddwy i swyddfa dai yn y dref i gael gair efo cynrychiolydd y perchennog. Fe gawson nhw air efo gwraig o'r enw Miss Price.

"Rhwbath yn y lle?" gofynnodd Miss Price. "Pa fath o beth?"

"Rhwbath sy'n aflonyddu arnom ni ac yn codi braw," meddai Catrin.

"Chlywais i rioed rytsiwn beth," meddai Miss Price.

Dywedodd y ddwy, trwy'i gilydd, beth oedd yn digwydd.

"Mi ga i air efo Mr Robinson, y perchennog," meddai Miss Price. Cododd y ffôn, a chlywodd y ddwy un pen i'r sgwrs.

"Bore da, Mr Robinson," meddai Miss Price. "Ddeuda i wrthoch chi be sy. Ynglŷn â'r fflat yn 'Afallon' rydw i'n ffonio. Peth rhyfedd iawn – mae dwy o'r genod sy yno'n deud fod 'na rywbeth yn trwblo'r lle . . ."

"Na, nid achos i'r plismyn ydi hwn, trwblo fel arall sy 'na yn y lle . . ."

"Chlywais innau chwaith, ond mae'r genod yma; ac y maen nhw wedi dychryn . . ."

"Mi ofynna i rŵan. Fyddwch chi yn y fflat am tua chwech heno 'ma?"

"Byddwn," meddai'r ddwy.

"Byddan," meddai Miss Price. "Reit . . ."

"Fydd hi'n iawn petai Mr Robinson yn galw i'ch gweld chi?"

"Iawn," meddai'r ddwy.

"Diolch, Mr Robinson. Mae hyn'na'n iawn. Hwyl ichi."

Am chwech y noson honno, crensiodd teiars car disglair Mr Robinson y graean ar ddreif 'Afallon'. Canodd yntau gloch y fflat a daeth y genod i lawr i'w adael i mewn. Roedd Mr Robinson yn ŵr meingryf, tua deugain oed, yn chwe troedfedd o daldra, yn hardd, ac yn bersonoliaeth a wnâi argraff gref. Ar ôl yr arferol gyfarchion dilynodd Mr Robinson y genod i fyny'r grisiau i'r fflat. Eisteddodd y tri yn y lle-byw, derbyniodd Mr Robinson gynnig y genod o baned o goffi. Nododd y ddwy'n union beth oedd wedi bod yn digwydd.

"Òd iawn," meddai yntau, "Òd iawn. Mi alla i'ch sicrhau chi na ddigwyddodd dim byd tebyg i hyn yma o'r blaen – ac y mae yma nifer go lew o fyfyrwyr wedi aros yma dros y deng mlynedd ddiwethaf. Tasa gen i rywle arall i'w gynnig ichi, mi allech chi fynd yno, ond does gen i ddim. Mae llety'n brin iawn yma eleni."

"Mi wyddom ni hynny," meddai Catrin. "Ond dydi hi ddim yn braf iawn yma, efo'r pethau sy'n digwydd."

"Nac'di'n sicir," meddai Mr Robinson. "Mi ddweda i ichi be wna i, os ydych chi'n cytuno – mi ofynna i i fy chwaer, sydd yn Adran Seicoleg y brifysgol ddod yma i'ch gweld chi."

"Mae hynny'n iawn efo ni," meddai Catrin, gan sbio ar Llinos. Nodiodd honno.

"Dwedwch i mi, a ydi beth bynnag sy 'ma yn gwneud rhywbeth heblaw eich dychryn chi?" gofynnodd Mr Robinson.

"Na," meddai Llinos, "ddim hyd yn hyn."

"Wel, mae'n ddrwg gen i na alla i fod fwy o help," meddai Mr Robinson. "Ond mi gawn ni weld be ddwedith fy chwaer. A chofiwch, os digwyddith rhywbeth eto, gadwch imi wybod."

Ni ddigwyddodd dim am y tridiau nesaf. Yna cyrhaeddodd llythyr gan Miss Robinson yn gofyn a allai'r genod ddod i'w gweld yn ei hystafell yn y coleg. Fe aethon hwythau yno. Roedd Pat Robinson yn ei thridegau cynnar, yn wraig ifanc ddeniadol a hunan-hyderus. Ar ôl i'r genod ddisgrifio sut yr aflonyddid arnynt fe ddywedodd Pat Robinson.

"Hm . . . Ydych chi wedi clywed ryw dro am *poltergeist*?"

Doedd Catrin na Llinos ddim wedi clywed am y fath beth.

"Taech chi'n cyfieithu ystyr dwy ran y gair fe gaech chi 'sŵn' a '*ghost*'," meddai Pat Robinson. "Rhyw fath o bwêr sy'n niwsans, yn fwy na dim, ydi peth felly."

"Mae beth bynnag sy yn y fflat yn sicir yn niwsans," meddai Llinos, "yn niwsans sy'n codi ofn arnom ni."

"Ydi, dydw i ddim yn amau," meddai Pat Robinson. "Ddweda i be wna i, os ydych chi'n fodlon: ga i ddwad i'r fflat a threulio noson yno efo chi?"

"Wel, cewch," meddai Catrin, "ond does 'na ddim sicrwydd y digwyddith dim byd – dydym ni ddim yn gwybod pryd y mae beth bynnag sy 'na'n mynd i ddwad."

"Rydw i'n sylweddoli hynny," meddai Pat Robinson. "Mi allwn i aros noson – neu ddwy, tae hi'n dod i hynny – efo chi, rhyw fwrw Sul."

A dyna a drefnwyd, fod Pat Robinson i ddod draw i dreulio nos Wener a nos Sadwrn yn y fflat.

Ddigwyddodd dim byd y noson gyntaf. Bu'r genod allan mewn dawns ar y nos Sadwrn, ac roedd hi tua hanner awr wedi un-ar-ddeg arnyn nhw'n cyrraedd yn eu holau. Doedd yr un o'r ddwy wedi dweud dim am yr aflonyddu wrth yr hogiau'r oedden nhw'n eu gweld yn weddol selog – gan wybod o'r gorau y bydden nhw'n sicir wedi cynnig aros gyda nhw dros nos! Gan wybod na fyddai'r genod ddim yn y fflat tan yn hwyr, chyrhaeddodd Pat Robinson ddim yno tan chwarter i hanner nos.

Fel yr oedd y genod yn cau'r drws afrosgo ar ben y grisiau i fynd i mewn i'r fflat gallai'r tair deimlo'r awyrgylch yn newid, yn mynd yn drymaidd ac yn oerllyd.

"Dyma ni," meddai Catrin, "fel'ma y mae hi pan mae rhywbeth yn mynd i ddigwydd."

Yr hyn a ddigwyddodd oedd fod stribed o olau, fel gwellau, wedi ymddangos gan wibio yma ac acw ar hyd y lle. Unwaith eto roedd yna rywbeth yn ymyrryd â gwalltiau'r tair ohonyn nhw. Arhosodd y tair yn ddistaw a, rhywsut, yr oedd presenoldeb tawel Pat Robinson yn y lle hefyd yn tawelu'r genod. Parhaodd hyn am bum munud, yna peidiodd mor sydyn ag y dechreuodd, ac fe deimlai'r tair yn y fan a'r lle fod yr awyrgylch wedi ysgafnu a chynhesu.

"Mi wela i am be rydych chi'n sôn," meddai Pat Robinson. "Mae'r cyfan yn annymunol – iawn – ond dydw i ddim yn meddwl fod beth bynnag sy yma'n beryglus. Niwsans ydi hyn, yn fwy na dim."

A dyna sut y bu hi am y gweddill o'r tymor, ambell i beth – eu henwau'n cael eu galw, ac ymyrraeth â gwalltiau – ond dim byd mwy na hynny. Erbyn hyn roedd Catrin a Llinos wedi dod i arfer â'r aflonyddu, er eu bod nhw'n casáu'r hyn a ddigwyddai. A doedd yr ymyrraeth byth yn para'n hir. Yna, yn y trydydd tymor, daeth Gwenllian a Marian yn eu holau. Fe ddywedodd Catrin a Llinos wrthyn nhw beth

oedd wedi bod yn digwydd, a sut yr oedd pethau. Ac fe
ddaru nhwythau ddod i ddygymod â phethau, ond yn
gwbwl anniddig. Rhyw bedair gwaith y digwyddodd
unrhyw beth yn ystod y tymor olaf. Daeth amser
arholiadau, a diwedd arholiadau, ac roedd y genod i gyd
yn mwynhau wythnos o segura a hwyl. Ar 21 Mehefin,
dridiau cyn iddyn nhw fynd am adref, a hwythau wedi bod
wrthi'n graddol hel eu pethau a phacio, fe ddaeth mwy o
gythrwfwl nag a ddigwyddodd erioed o'r blaen. Roedd hi
wedi bod yn ddiwrnod braf o haf ac roedd y nos yn pefrio
gan sêr, ac yn fyw o symudiadau ystlumod. Roedd y genod
i gyd yn y lle-byw, ac yn llawen. Yna, yn ôl yr arfer,
newidiodd yr awyrgylch chwap, ac aeth y lle'n drymllyd ac
oer, a'r tro hwn, yn dra annymunol. I ddechrau, fe glywson
nhw i gyd sŵn crafu ar ffenest ddi-lenni y lle-byw, ond
doedd dim byd i'w weld yno. Yna dechreuodd y ffenest
sgytian yn ffyrnig. Yn sydyn torrodd un paen yn deilchion.
Cyn gynted ag y digwyddodd hynny, aeth y lle'n dawel,
dawel. Taerai'r pedair, wedyn, eu bod yn teimlo presen-
oldeb yn y lle byw. Yn nesaf peth, daeth sŵn traed yn
symud ar ben y grisiau, yna fe welson nhw ddwrn drws yr
ystafell yn troi. Agorodd y drws a oedd, fel arfer, mor
afrosgo i'w agor yn llyfn a rhwydd. Yna clywodd y pedair
sŵn traed yn mynd at yn ôl, ac i lawr y grisiau. Bu
distawrwydd am rai munudau, ac yna clywyd gwaedd
fyglyd oddi isod. Am rai munudau ar ôl hynny, bu'r lle'n
dal yn drymaidd. Ac yna, fel troi switj, roedd yr awyrgylch
yn hollol normal eto. Y tro hwn roedd y genod wedi
dychryn o ddifrif, a 'daeth yr un ohonyn nhw i'w gwely'r
noson honno.

Y bore wedyn, dyma Catrin yn ffonio Mr Robinson, a
dweud wrtho beth oedd wedi digwydd. Daeth draw yno
erbyn deg. Roedd y genod allan yn yr ardd wrth y tŷ pan

gyrhaeddodd. "Ylwch," meddai o. "Arhoswch chi yma, ac fe a' i i fyny fy hun."

Cymerodd oriad gan Catrin, ac i fyny ag o. Bu'r genod yno'n aros amdano. Ac aros y buon nhw am chwarter awr, ac roedd Catrin ar fin mynd i fyny i chwilio amdano fo pan ddaeth o i'r golwg, yn wyn iawn, iawn ei wedd.

"Be sy, Mr Robinson?" meddai Llinos yn syn.

Aeth Mr Robinson i eistedd ar y lawnt, a ddywedodd o ddim byd am rai eiliadau.

"Mae 'na rywbeth yn fan'na. Y mae 'na rywbeth yna," meddai. Anadlodd yn drwm dair gwaith er mwyn dod ato'i hun.

"Hyd yn hyn rydym ni wedi dygymod yn o lew," meddai Catrin, "yn enwedig ar ôl i'ch chwaer ddeud nad oedd yna ddim peryg."

"Ond roedd pethau'n wahanol neithiwr," meddai Llinos.

"Mi greda i chi," meddai Mr Robinson. "Pan es i i fyny a mynd i mewn i'r fflat, roeddwn i'n teimlo fod yna rywbeth yno. Ond fel roeddwn i'n mynd at y ffenest i weld be oedd wedi digwydd, mi wthiodd 'na rywbeth fi nes 'mod i â 'nghefn ar y wal wrth ochor y ffenest, a fedrwn i ddim symud. Ac mi daliodd o fi yno tan rŵan jest. Mae gen i fflat sydd erbyn hyn y wag – y myfyrwyr wedi mynd odd'yno – dri drws i lawr y ffordd, mi gewch chi fynd i fan'no nes y byddwch chi'n mynd adre."

"Ond mae'n stwff ni i gyd yn y fflat," meddai Catrin.

"Oes gynnoch chi ddigon wrth law tan fyddwch chi'n mynd adre?" gofynnodd Mr Robinson.

Atebodd y genod eu bod nhw wedi gadael y pethau mwyaf angenrhediol heb eu pacio.

"Mi ddo i efo chi i nôl y rheini," meddai Mr Robinson.

Ac fe aeth y cwbwl i fyny gyda'i gilydd i'r fflat i nôl eu pethau, a hynny'n hollol ddidrafferth.

"Mi helpa i chi i gario'ch stwff i'r fflat arall," meddai Mr Robinson, gan roi eu bagiau yng nghist helaeth ei gar. Dywedodd y genod y bydden nhw'n cerdded, gan fod y fflat arall mor agos. Ac yno y buon nhw nes y daeth eu teuluoedd nhw i'w nôl nhw. Chafwyd dim trafferth i nôl y paciau o'r hen fflat, a gadael y lle.

"Mae'n rhaid fod yna ryw reswm dros y cythryblu 'ma," meddai Mr Robinson wrtho'i hun. Penderfynodd ofyn i Miss Price am restr o'r myfyrwyr a fu yn y fflat dros y tair blynedd diwethaf, a gofynnodd iddi – am bris, wrth reswm – geisio cysylltu â nhw i gyd i geisio gweld beth oedd eu barn nhw am y fflat. Mi gymerodd bythefnos i bawb ateb, ac yr oedd pawb wedi bod yn syndod o fodlon yno – dywedodd dau ei fod yn frenin o'i gymharu â'r fflatiau'r oedd eu cyfeillion yn byw ynddyn nhw.

"Dydw i ddim callach o'r holl holi 'ma," meddyliodd Mr Robinson. Fe gysylltodd â'r saer oedd yn arfer gwneud gwaith cynnal a chadw iddo, ac fe drwsiwyd y ffenest, a thacluso'r lle ar gyfer tenantiaid newydd.

"Un peth, Mr Robinson," meddai'r saer wrtho pan alwodd hwnnw i adrodd am y gwaith a wnaeth, a chyflwyno bil iddo. "Mi ddigwyddais i sôn lle'r oeddwn i'n gweithio wrth fy nhad, ac mi ddwedodd o fod 'na rywbeth reit annymunol wedi digwydd yn y tŷ yna ddeugain mlynedd yn ôl – y 'Rectory' oedd o'n galw'r lle. Hen ŵr, roedd o'n meddwl, wedi cael ei ladd yna. Rhywun yn torri i mewn a'i ladd o."

"Ei ladd o!" meddai Mr Robinson, ac yna gofynnodd. "Ddwedodd o rywbeth arall wrthych chi?"

"Fod yr un ddaru ei ladd o yn hogyn lleol, hogyn reit ifanc meddai fo. Yr hyn ddigwyddodd oedd fod 'na waith yn cael ei wneud ar y tŷ, a bod y gweithwyr yn gadael yr ystolion, oedd yn cyrraedd i'r to, yno dros nos gan ei bod hi'n gymaint o drafferth eu tynnu nhw i lawr a'u codi nhw wedyn – mi allech chi wneud hynny'r adeg honno; mi fasa Helth and Seffti yn eich blingo chi am wneud peth felly heddiw. Mi ddringodd y boi 'ma i fyny ystol i uchder y to, a thorri i mewn yn fan'no. Mi aeth i'r ail lawr lle'r oedd yr hen ŵr yn cysgu, a rywsut mi'i lladdodd o, a dwyn pethau."

"Ar yr ail lawr?"

"Ie, yn fan'no'r oedd llofft yr hen ŵr 'ma – mi ddwedodd nhad ei enw fo, ond dydw i ddim yn cofio be oedd o," meddai'r saer.

"Be ddigwyddodd i'r boi ddaru ladd yr hen ŵr?"

"Lladdwr sâl, lleidar sâl, meddai nhad. Mi ddaliodd y plismyn o'n syth, ac mi gafodd garchar am oes."

"Lle mae o rŵan?" gofynnodd Mr Robinson.

"Dwn 'im; ddwedodd nhad ddim am hynny."

"Gofynnwch iddi fo, wnewch chi," meddai Mr Robinson.

Ac fe wnaeth. Mi ffoniodd ar ôl iddo gael gair efo'i dad.

"Mae o wedi marw, tua blwyddyn yn ôl, meddai nhad, tua'r adeg yma o'r flwyddyn."

Safe Haven

'*Safe Haven*': sgriwiodd Defi Jones y sgriw olaf i'r maen a ddaliai arwydd ac arno enw newydd ar hen, hen dŷ. Yn y maen, o dan yr arwydd newydd, yr oedd hen enw'r lle, 'Cefn Llys'.

"A dyna ni hwn'na'n ddigon sownd," meddai Defi.

"Tŷ arall sy'n dŷ i Saeson," meddai Ifor Huws, ei bartner.

"Felly y mae hi'n 'dê," meddai Defi. "A chofia, oni bai am y rhain, mi fyddai hi'n o fain arnom ni."

"Does 'na ddim llawer ohonom *ni* ar ôl yn fan'ma rŵan," meddai Ifor. "A chdi a fi sydd wedi bod wrthi'n addasu nifer go dda o'r hen dai."

"Fasa rhywun ddim yn dewis gwneud hyn," meddai Defi, "ond gan y rhain y mae'r pres yndê."

"Rydw i'n cofio tri o blant yn rhedeg rownd y lle 'ma; a dydi hynny ddim mor bell yn ôl â hynny," meddai Ifor.

"Plant Olwen a Now Gruffudd. Ie, erbyn iti sôn, rydw innau'n eu cofio nhw," meddai Defi. "Ond ti'n gweld, unwaith y daru Olwen a Now fynd i dipyn o oed mi ddaru nhw symud i lawr i'r dre, ac mi fu'n rhaid i'r plant fynd o'ma i chwilio am waith."

"Mae dau ohonyn nhw tua Chaerdydd," meddai Ifor.

"Yr hogiau," meddai Defi. "Yn Lerpwl y mae'r hogan – yn gwneud yn dda hefyd, yn ôl pob sôn."

"Anamal y maen nhw'n dwad ffor'ma bellach," meddai Ifor.

"Wêl, be ti'n ddisgwyl yndê," meddai Defi. "Mae ganddyn nhw eu bywydau eu hunain."

"Troi'n Saeson, mae'n debyg," meddai Ifor.

"Fel'na mae hi'n 'dê," meddai Defi. "Rydym ni i gyd yn troi'n Saeson yn araf bach . . . Mi ffonia i'r Frankton yma i ddweud wrtho fo fod pob peth yn barod rŵan – mae o'n awyddus iawn i symud i mewn."

"Ydi m'wn," meddai Ifor.

• • •

Safai *'Safe Haven'* ar godiad tir yn edrych i lawr ar dref weddol ei maint, o'r enw Siloam – yr enw wedi ei gymryd oddi ar enw'r hen gapel oedd yno, pan oedd y lle'n llewyrchus hyd tuag wythdegau'r ugeinfed ganrif. Llifai afon ffyrnig i lawr y dyffryn i forlan gorsiog, cyn mynd yn un â'r môr. Beth pellter y tu ôl i *'Safe Haven'* yr oedd poncen werdd – Boncen Llys – ac, yn ôl cred yr 'hen bobol', yn fan'no yr oedd y llys y cedwid cof amdano yn yr enw 'Cefn Llys'. Pe baech yn gofyn i'r hen bobol, "Llys pwy?", fyddech chi fawr callach, achos yr ateb oedd wedi ymffurfio a sefydlogi dros amser go hir oedd, "Llys dros dro un o'n hen dywysogion yndê." Fe edrychid arnoch gyda dirmyg os gofynnech, "Pa dywysog? Pa bryd?", a'r unig ychwanegiad at y diffiniad 'swyddogol' fyddai geiriau am "Ers talwm ers talwm yndê." Doedd y ddau neu dri o archaeolegwyr oedd wedi bod yn bwrw golwg ar y safle ddim wedi eu hargyhoeddi fod dim byd allan o'r cyffredin wedi bod yno, ac fe gafodd lonydd. Bellach safai *'Safe Haven'* yn ei ogoniant newydd, wedi ei foderneiddio'n dra chwaethus, gan gadw cymeriad yr hen le, a'i helaethu – a chadw'r cymeriad hwnnw trwy ddefnyddio meini a llechi'r ardal. Roedd cwmni adeiladu 'Jones a Hughes' wedi gwneud y gwaith gyda graen rhai wedi arfer trin defnyddiau lleol.

Ymhen wythnos ar ôl i 'Safe Haven' gael ei sgriwio ar y mur wrth y drws ffrynt, ar ddechrau Mai, fe gyrhaeddodd fànfudo enfawr at giât yr ardd o flaen y tŷ – gyda pheth trafferth, gan fod y darn olaf o'r ffordd yn bur gul. Dechreuodd criw bach o ddynion ddadbacio celfi ac offer y Franktons a'u gosod yn eu priod lefydd, dan oruwchwyliaeth ofalus a phendant Mrs Frankton. Cyn pen pythefnos o fod yn eu tŷ newydd yr oedd y Franktons yn setlo i lawr yn rhyfeddol: dyma'r oeddynt wedi breuddwydio amdano fel lle i ymddeol iddo o Briminghan, ar ôl treulio blynyddoedd yno'n rhedeg busnes yn llwyddiannus iawn. Cafwyd bwrw'r Sul i gynhesu'r hen aelwyd a daeth nifer o ffrindiau'r Franktons yno, pedwar ohonyn nhw'n aros yn 'Safe Haven', a'r lleill yn aros yn eu tai eu hunain heb fod ymhell oddi yno, a thri neu bedwar yn aros mewn gwesty go chwaethus yn y cyffiniau. Yn y man, fe ymunodd Mr Edward Frankton â'r clwb golff dymunol oedd o fewn golwg y môr yn Llanbradog, a oedd o fewn cyrraedd hawdd i Siloam; ac ymunodd Mrs Eleanor Frankton â Chlwb Garddio lleol yr oedd nifer o'r mewnfudwyr wedi ei ffurfio. At hyn, yr oedd y ddau'n gwneud ffrindiau efo'u cymdogion. Yr oedd popeth yn ystrydebol o lwyddiannus a dymunol.

Yna, un noson, gefn berfedd nos, deffrodd Mrs Frankton. Yn hytrach na gorwedd yn y gwely'n gwrando ar anadlu a chwyrnu ei gŵr penderfynodd fynd i lawr i'r gegin i wneud paned iddi hi ei hun. Trôdd y tân nwy arnodd, a rhoddodd ddŵr yn y tegell trydan. Ar ôl i hwnnw ddiffodd, ohono'i hun, roedd hi'n gafael yn y tebot i roi dŵr berwedig drosto pan glywodd sŵn tincial ysgafn. Roedd o'n sŵn tebyg iawn i dincial harnes ceffyl, ac roedd o fel pe bai'n dod o rywle y tu allan i gefn y tŷ. Arhosodd am funud, yn ei hamau ei hun. Gwrandawodd yn astud, ond doedd dim byd i'w glywed. Tywalltodd y dŵr o'r tebot, rhoi dau fag te ynddo, a thywallt dŵr berwedig o'r tegell i'r tebot. Rhoddodd y tebot o dan gap-diddos ar y bwrdd, ac aeth i estyn cwpan. Wrth iddi estyn at y gwpan, clywodd y tincial ysgafn eto. Rhoddodd y gwpan ar y bwrdd, diffodd y golau, tynnodd yng nghneuen y bleind a'i godi ddigon iddi allu gweld allan. Ond doedd dim byd i'w weld. Yr oedd yn hollol dywyll.

"*Petai 'na rywun yn yr ardd mi fasai'r golau-gwarchod wedi dod arnodd,*" meddai wrthi'i hun. Tynnodd y bleind i lawr yn ei ôl, estynnodd jwg llefrith o'r ffrij, a thrôdd i dywallt te i'w chwpan, gan glustfeinio drwy'r adeg. Eisteddodd wrth y bwrdd, efo'i phaned o'i blaen yn troi tudalennau cylchgrawn garddio. Bu yno nes gorffen ei phaned, yn gwrando'n anesmwyth drwy'r adeg, ond chlywodd hi ddim byd wedyn. Aeth yn ei hôl i'r gwely, ac ymhen ychydig syrthiodd i gysgu. Ni ddywedodd ddim am ei phrofiad wrth ei gŵr.

Roedd hi'n ddechrau Gorffennaf, a'r Franktons wedi gwahodd nifer o'u cyfeillion newydd i farbeciw. Roedd hi'n noson braf, a phawb yn eistedd neu'n sefyllian yma ac acw yn yr ardd gefn, ac Edward Frankton wrthi'n brysur yn rhostio tefyll bras o gig. Cerddai Eleanor Frankton o gwmpas yn cynnig gwahanol fathau o win. Bu pawb yn bwyta ac yn yfed, yn sgwrsio ac yn chwerthin hyd nes ei bod hi'n eithaf tywyll – er gwaethaf y goleuadau oedd yma ac acw yn yr ardd – ac yn dechrau oeri. Yna dechreuodd y gwahoddedigion ymadael fesul dau a dau. Ar ôl i bawb fynd,

"*Mi wna i jest clirio'r gwaethaf yn fan'ma,*" meddai Edward Frankton wrth ei wraig, "*a beth am i ti wneud paned go gre inni. Fydda i ddim yn hir.*"

Aeth Eleanor Frankton i mewn i'r gegin, a dechrau hwylio i wneud y baned gref i'w gŵr. Pelydrai golau'r gegin rai llathenni i fyny'r lawnt. Roedd Edward Frankton yng nghefn pella'r ardd, wrthi'n rhoi poteli gweigion yn y bin-ailgylchu-gwydyr pan glywodd o weryru ceffyl, ac yna sŵn ceffyl yn chwythu'i ffroenau. Oedodd am ennyd, "*Rhyfedd,*" meddai wrtho'i hun. "*Ceffyl!*" Aeth at y wal gefn a syllu allan dros y gwastad gwelltog oedd rhwng y wal a'r boncen. Wrth reswm, doedd dim byd i'w weld yn y tywyllwch. Aeth draw i'r garej a dod â fflachlamp gref gydag o oddi yno. Ffrydiodd llwybyr gwyn o olau cryf dros y wal gefn, ond doedd dim byd i'w weld. "*Ceffyl wir!*" meddai wrtho'i hun eto, gan ddiffodd ei fflachlamp a throi i fynd yn ôl at y tŷ. Clywodd sŵn gweryru eto, yn hollol glir, fel pe bai'n dod o'r dde, ar y gwastad gwelltog. Fflachiodd y golau gwyn i'r cyfeiriad hwnnw, ond doedd dim byd i'w weld. Aeth Edward Frankton allan trwy giât talcen yr ardd a gwneud ei ffordd i'r gwastad yn y cefn, a cherdded draw at y lle y tybiodd iddo glywed sŵn gweryru'n dod oddi yno. Archwiliodd y lle'n fanwl, gan daflu golau ar y llawr i weld a oedd yno dail neu unrhyw olion eraill o geffyl. Ond doedd yno ddim byd. "*Dyma be ydi march hud!*" meddai, gan geisio bwrw'r cyfan heibio, ond gan deimlo fymryn yn anesmwyth. Aeth â'r fflachlamp yn ei hôl i'r garej cyn mynd i'r tŷ.

"*Oes rhywbeth yn bod?*" gofynnodd ei wraig.

"*Na dim byd, ond bod yna geffyl y tylwyth teg rywle wrth y boncen yna,"* meddai yntau, gan hanner chwerthin.

"*Ceffyl!*"

"*Ti'n gwybod, un o'r pethau mawr yna ar bedair coes sy'n rasio,*" meddai'n gellweirus.

"*Ac efo harnes sy'n tincial!*" meddai hithau'n syn-ddifrifol.

"*Ie, pan fydd gennyn nhw harnes,*" meddai yntau. "*A ffrwyn a chyfrwy hefyd weithiau . . . Be ydi'r rheswm dros sôn am yr harnes yma?*"

"*Wel . . .*" dechreuodd hi ateb, ond yna gwnaeth ystum i ollwng y mater a mynd ati i dywallt te i'r ddau ohonyn nhw.

"*Wel be?*" gofynnodd yntau.

"*Wel, tincial,*" meddai hithau. "*Mi ddeffris i ganol nos dipyn bach yn ôl a dwad i lawr yma i wneud paned. Mi allwn i dyngu imi glywed tincial, fel tincial harnes ceffyl . . . Neu mi ddychmygais i 'mod i'n clywed tincial.*"

"*Pam na fasat ti wedi deud rhywbeth?*" gofynnodd yntau.

"*Mi ddychmygais i 'mod i wedi clywed tincial,*" meddai hi. "*A be fasat tithau wedi'i ddeud?*"

"*Ie,*" meddai, "*mi wela i be sy gen ti . . . Ond gan 'mod i wedi clywed sŵn ceffyl lle nad oedd yna ddim ceffyl, efallai fod yna rywbeth yn y tincial . . .*"

"*Fel tincial harnes,*" meddai hi.

"*Fel tincial harnes ceffyl!*" meddai o. "*Mi fydd yn rhaid imi holi o gwmpas. Thâl hi ddim inni orfod diodde meirch hud yn yr ardd gefn.*"

Chwarddodd y ddau. Lliniarodd hynny'r awyrgylch a oedd fymryn bach yn anesmwyth. Ac yng ngolau dydd drannoeth, ymddangosai eu dychmygion yn fwy dychmygus fyth.

Ond yn y siop bach leol y diwrnod wedyn holodd Edward Frankton a oedd yna geffylau yn y cyffiniau.

121

"Wel wrth gwrs, Mr Frankton bach," meddai dynes y siop. "mae na faint fynnoch chi o geffylau yn y mynydd 'ma y tu ôl ichi. Merlod gwyllt. Maen nhw yma erioed, am 'wn i. Pam, be oedd?"

"Meddwl fod yna rai wedi bod o gwmpas y tŷ acw neithiwr," meddai Edward Frankton.

"Digon posib," meddai'r siopwraig. "A byddwch yn ddiolchgar na ddaethon nhw i'r ardd i sbydu be bynnag sy'n tyfu yno. Mae'r rheini sy'n byw yn y topiau yna yn ei chael hi bob hyn-a-hyn. Ond waeth i rywun heb â siarad efo'r Llew Gruffudd yna – fo piau nhw 'chi, neu fo sy biau'r rhan o'r mynydd lle y maen nhw."

"Pa mor isel y byddan nhw'n dwad?"

"Does wybod – ceffylau ydyn nhw'n 'te. Ond poeni pobol yn y topiau yna y byddan nhw, os poeni rhywun o gwbwl . . . Pam na ffoniwch chi Llew Gruffudd i gael gair efo fo. Garth Celyn ydi enw'r ffarm – mi sgwenna i hyn i gyd ichi." Ac fe wnaeth.

"Diolch, Mrs Davies," meddai Edward Frankton, " mi wna i hynny." Ac wedi iddo dalu am ei bapur newydd a rhai manion, aeth am adref.

"Roedd Mrs Davies yn deud fod yna geffylau yn y mynydd," meddai Edward Frankton wrth ei wraig, ar ôl iddo gyrraedd adref. "Rhai ohonyn nhw'n crwydro weithiau, meddai hi; ond fawr byth mor isel â hyn."

"Oes gan y ceffylau mynydd yma harnes?" gofynnodd Eleanor Frankton.

"Wnes i ddim gofyn," atebodd ei gŵr, "ond go brin fod ganddyn nhw – merlod gwyllt ydyn nhw. Mi awgrymodd fy mod i'n cael gair â'r ffermwr, Lŵ Griffith – fo biau'r rhan o'r mynydd lle y maen' nhw."

"Wyt ti am wneud?" holodd hi.

"Fydda i ddim gwaeth â thrio," meddai yntau, ac aeth i chwilio am y rhif a roddodd Mrs Davies iddo.

"Siloam Tri Pedwar, Tri Dau, Tri Saith," meddai llais o ben arall y ffôn.

"Ydw i'n siarad efo Mr Lŵ Griffith?" gofynnodd Edward Frankton.

"Ydych; fi ydi'r dyn," meddai Llew Gruffudd. *"A be fedra i ei wneud ichi?"*

"Edward Frankton ydi f'enw i, ac rydw i'n byw yn 'Safe Haven' uwchben Siloam."

"'Safe Haven', uwchben Siloam. 'Rhoswch chi, 'rhoswch chi am funud rŵan . . . 'Safe Haven': dydw i ddim yn meddwl fod yna le o'r enw yna yn fan'na," meddai Llew Gruffudd.

"Fe alla i eich sicrhau chi fod yna le o'r enw yna yn fan'ma," meddai Edward Frankton, *"achos yn fan'no rydw i'n byw."*

"Os ydych chi'n deud yndê, Mr Frankton . . . ond bl'e'n union ydych chi?" holodd Llew Gruffudd.

"Ydych chi'n gwybod lle mae Byncy Leis?" holodd Edward Frankton.

"Byncy Leis! Arglwydd annw'l! *Na wn,"* meddai Llew Gruffudd.

"Codiad tir sbelan o ffordd i fyny'r llethr uwchben Siloam," esboniodd Edward Frankton.

"O, rydw i efo chi rŵan," meddai Llew Gruffudd. "Boncan Llys. *Rydych chi wrth ymyl honno."*

"O'i blaen hi, neu'r tu cefn iddi – mae'n dibynnu o ble rydych chi'n sbio - beth pellter oddi wrthi," meddai Edward Frankton.

"O, mi wn i lle'r ydych chi rŵan," meddai Llew Gruffudd. "Cefn Llys, *yn fanno'r ydych chi. A be sy'n eich poeni chi, Mr Frankton?"*

"Eisio gwybod oeddwn i – Mrs Davies y Siop soniodd

amdanoch chi – a ydi rhai o'r ceffylau yna'n crwydro i lawr hyd y lle yma ydych chi'n meddwl?" holodd Edward Frankton.

"Ddim i mi wybod, Mr Frankton," meddai Llew Gruffudd.

"A choeliwch fi, mi fasa'r bygyrs yna yn y topiau wedi gadael imi wybod, fel siot, tasai un o'u carnau nhw wedi mynd dros ffin y mynydd yma. Na, Mr Frankton, mi alla i'ch sicrhau chi nad ydi'r un o'r merlod yma wedi crwydro eleni. Ac mi fasa'n gwilydd iddyn nhw wneud, a finna wedi rhoi ffens drud – drud ddiawledig hefyd – ar draws y tir agored."

"Diolch yn fawr ichi, Mr Griffith," meddai Edward Frankton.

"Gan eich bod chi wedi mynd i'r drafferth o ffonio, a bod yna rywbeth yn amlwg yn eich poeni chi, Mr Frankton, fasa waeth gynnoch chi ddeud wrtha i be ydi o?" gofynnodd Llew Gruffudd.

"Wel ... wel, mae hi braidd yn anodd esbonio," meddai Edward Frankton.

"Rhowch gynnig arni," meddai Llew Gruffudd.

"Wel, sŵn oedd i'w glywed, neithiwr – yn hwyr neithiwr – yn y cefnau yma, rhwng yr ardd gefn a'r boncen, sŵn gweryru ceffylau. Ond doedd yna ddim byd yno, na dim o'u hôl nhw. Dyna oedd yn fy mhoeni i," meddai Edward Frankton.

"Wrth Boncan Llys meddech chi?" gofynnodd Llew Gruffudd.

"Ie, fan'no," meddai Edward Frankton.

Chwibianodd Llew Gruffudd dros y ffôn, ac yna dywedodd, "Tewch â deud; tewch â deud, Mr Frankton." Yr oedd rhywbeth yn nhôn ei lais oedd yn awgrymu, rywsut, nad oedd hyn i gyd yn syndod iddo. Ond aeth yn ei flaen, "Dydi hyn yn ddim byd, peidiwch chi â phoeni dim, Mr Frankton bach; dydi hyn yn ddim byd. Hwyl fawr ichi rŵan." Clywodd Edward Frankton y ffôn ar ben arall y lein yn cael ei roi yn ei grud.

"Be ddeudodd o?" holodd Eleanor Frankton.

"Deud nad oedd hyn i gyd yn ddim byd, a deud wrthyf fi am beidio â phoeni," meddai Edward Frankton.

A fu yna ddim achos i boeni ychwaith, am wythnosau. Pan ddaeth hi'n fis Medi, dechreuodd Mrs Frankton glywed tincial harnes eto, ambell noson. Deffrodd ei gŵr, un tro, a chlywai hwnnw'r sŵn hefyd; ond er iddo fynd i lawr a, hyd yn oed, fynd allan i'r ardd gefn efo'i fflachlamp gref, doedd dim byd i'w weld. Dim byd, hyd y perfedd nos hwnnw y clywodd Mrs Frankton y tincial yn gliriach nag erioed o'r blaen, ac y clywodd hi sŵn gweryru cryf; tybiodd hefyd iddi glywed llais, o bell, yn gweiddi rhywbeth na allai hi ddeall dim ohono. Deffrodd hi ei gŵr; clywodd yntau; ac, unwaith eto, dyma fo – a'i wraig, y tro hwn – yn mynd i lawr ac allan trwy ddrws y cefn. Roedd hi'n noson braf, braf, a golau gan fod lleuad fedi'n llawn a gloyw yn union y tu ôl i Boncan Llys. O'r cyfeiriad hwnnw y dôi'r sŵn, yr oedd Mr a Mrs Frankton yn hollol bendant ynghylch hynny. Yn sydyn, dyma 'na ffurf yn ymddangos yn ddu rhyngddyn nhw a'r lleuad, ac yn aros yno. Er na allen nhw weld manylion y ffurf, fe allen nhw weld mai siâp gŵr llawn arfog ar gefn ceffyl oedd o – rhywbeth tebyg i'r marchogion yr oedd y ddau ohonyn nhw wedi eu gweld mewn ffilmiau am yr Oesoedd Canol. Syllodd y ddau am tua dau funud ar yr olygfa ryfedd o'u blaenau. Yna, y mae'n rhaid fod y marchog wedi tynnu yn awenau ei farch, achos fe gododd hwnnw ar ei ddau droed ôl gan weryru'n ffyrnig; ac yna diflannodd y cyfan – hynny ydi, nid mynd yn raddol, ond mynd yn sydyn hollol. Y tro hwn roedd Mr a Mrs Frankton wedi dychryn o ddifri, ac fe wnaethon nhw gilio i'r tŷ ar un waith, a ffonio'r plismyn.

Ac, yn wir, ymhen tua hanner awr, am dri o'r gloch y bore fe stopiodd car plismyn ger 'Safe Haven'. *"Tybed nad oes 'na rywun neu rywrai'n chwarae triciau?"* gofynnodd un o'r ddau heddwas, ar ôl iddyn nhw glywed yr holl hanes.

"Wel, os oes, y maen nhw'n mynd i drafferth fawr," meddai Mr Frankton. *"A beth fyddai diben yr holl berfformans?"*

"Dydech chi ddim wedi tarfu mewn rhyw ffordd ar rai o'r brodorion?" holodd yr ail heddwas.

"Ddim i mi wybod," meddai Mrs Frankton, *"does yna ddim cymaint a chymaint ohonyn nhw ffor'ma rŵan, ac y mae'r rhai sydd yma'n hynod o glên."*

"Dydych chi ddim yn awgrymu fod yna rywbeth goruwchnaturiol yn yr holl beth, gobeithio," meddai'r heddwas cyntaf.

"Dydw i ddim yn credu mewn pethau felly," meddai Mr Frankton. *"Rhyw hen lol ydi'r goruwchnaturiol."*

"Dydw i ddim mor siŵr, bellach," meddai Mrs Frankton. *"O leiaf, does yna ddim esboniadau sy'n rhesymol, ac, fel y dwedodd Edward, mi fuasai'n dipyn o drafferth i unrhyw un fynd i wneud yr holl bethau 'na sydd wedi digwydd."*

"Mae hynny'n ddigon gwir," meddai'r heddwas cyntaf. *"A does yna ddim esboniad hawdd ar be sy wedi bod yn digwydd . . . Sut bynnag, mi ddown ni'n ôl yng ngolau dydd i gael golwg ar yr holl safle."*

Y diwrnod wedyn, daeth dau heddwas arall draw i *Safe Haven* a gwneud archwiliad manwl o'r ardd gefn, y llain o dir rhwng y tŷ a'r boncan, a'r boncan ei hun. Doedd dim olion ceffyl yn unlle. Dechreuodd y ddau heddwas amau a oedd y Franktons yn cael hwyl am eu pennau ond, wrth weld eu pryder amlwg, mi ddaru nhw benderfynu nad oedd hynny'n debygol. Ond doedd gan y naill na'r llall unrhyw esboniad i'w gynnig, ac fe ddywedson nhw ffarwél gan ychwanegu, *"Galwch yn syth, os digwyddith rhywbeth rhyfedd eto."*

'Ddigwyddodd yna ddim byd rhyfedd am wythnos. Ganol Medi fe ddeffrodd Eleanor Frankton am dri y bore, a chlywed y sŵn tincial harnes yr oedd hi'n weddol gyfarwydd ag o, bellach. Ond, y tro hwn, roedd o'n uwch nag erioed o'r blaen. Deffrodd ei gŵr. Clywai yntau'r tincial, a swniai fel pe bai o yn yr ardd gefn. Aeth i lawr i'r gegin, a chyn iddo daro'r golau arnodd fe basiodd cysgod heibio'r ffenest – yr oedd digon o loergan iddo weld hynny. Rhoddodd y golau arnodd yn syth, gafael mewn fflachlamp a phastwn golff a mynd allan i'r cefn. Doedd dim byd i'w weld, ac yr oedd pob man yn dawel, dawel. Ar ôl chwilio'n daer aeth Edward Frankton yn ei ôl i'r tŷ. Methodd o a'i wraig a chysgu ychwaneg y noson honno, a'r bore wedyn dyma ffonio'r plismyn, yn ôl y trefniant.

Cyrhaeddodd y ddau a ddaeth yno yn y nos y tro cynt. Yr oedden nhw, wrth reswm, yn gyfarwydd â'r hanes. *"Ond roedd y tincial yma'n llawer uwch y tro yma, fel pe bai o'n nes at y tŷ,"* meddai Edward Frankton. *"A phan ddois i i lawr yma, yng ngolau'r lleuad fe welais i gysgod yn pasio heibio'r ffenest. Ond doedd yna ddim ôl o neb na dim yn yr ardd gefn."*

"Mi gymrwn ni olwg ar y lle," meddai un heddwas. *"Jest rhag ofn."*

Aeth y ddau blisman allan, a dechrau chwilio ar y patio o flaen ffenest y gegin.

"Be ydi hyn?" gofynnodd yr heddwas, oedd wedi cael gair â Mr Frankton, wrth y llall. Rhwng ei ddau fys daliai ddarn o fetel.

"Mae o'n debyg i fwcwl," meddai ei gydymaith.

"Dyna oeddwn innau'n ei feddwl," meddai'r cyntaf. Yna aeth yn ei ôl at y drws cefn lle'r oedd Mr Frankton yn sefyll yn gwylio. *"Wyddoch chi rywbeth am hwn?"* gofynnodd, gan estyn y bwcwl iddo.

Archwiliodd Mr Frankton ef yn fanwl, *"Wn i ddim byd amdano,"* meddai, ac yna galwodd i'r tŷ, *"Eleanor, wyddost ti be ydi hwn?"*

Daeth ei wraig ato, ac astudio'r bwcwl yn graff. *"Welais i erioed fwcwl tebyg i hwn o'r blaen,"* meddai hi. *"Mae golwg go hen arno fo."*

Cymerodd yr heddwas cyntaf ef ganddi, edrych arno, a dweud, *"Oes, y mae golwg hen arno fo . . . Mi a' i â fo i gael barn arbenigwr arno fo – efallai y cymerith hynny rai dyddiau. Mi wnawn ni adael ichi wybod yn ei gylch o, gynted fyth ag y clywn ni rywbeth."*

Aeth deng niwrnod heibio cyn i'r heddwas ffonio. *"Mae'n harbenigwr ni'n dweud mai bwcwl ydi o – fel yr oedden ni'n meddwl. Ond darn o harnes ceffyl ydi o. Ac yr oeddem ni'n iawn yn meddwl ei fod o'n hen: mae o'n hen iawn, yn debyg o fod yn perthyn i'r drydedd ganrif ar ddeg. Y mae o, fel y mae'n harbenigwr ni'n dweud, yn weddol werthfawr."*

"Mor hen â hynny!" meddai Edward Frankton. *"O ble y daeth o i fan'ma, os gwn i? . . ."* Yna, fel pe bai'n meddwl yn uchel, dywedodd, *"Wel, y mae ganddo fo ryw fath o gyswllt â cheffyl . . . Er 'dwn i ddim faint o gysur ydi gwybod hynny."*

"Ddigwyddodd yna rywbeth arll ers inni gyfarfod?" holodd y plisman.

"Na, dim byd. Mae hi fel y bedd yma – diolch am hynny," meddai Mr Frankton.

"Wel, cadwch mewn cysylltiad â ni," meddai'r plisman, *"a da b'och chi."*

"Y polîs oedd yna. Bwcwl oddi ar harnes ceffyl, bwcwl hen iawn, ydi'r hyn y daethon nhw o hyd iddo fo," meddai Edward Frankton wrth ei wraig.

"Ac ydi hyn'na i fod i wneud inni deimlo'n well?"

gofynnodd Eleanor Frankton. *"Gwneud i mi deimlo'n waeth y mae'r newydd. Cryfhau'r siawns mai rhyw hen bethau sy o gwmpas y lle yma,"* meddai ei wraig wrtho. *"Rydw i flys â chwilio am rywun seicic i ddod yma. . . yn enwedig ar ôl clywed am y bwcwl yma."*

"Wn i ddim pa les wnaiff peth felly," meddai Edward Frankton.

"Cymaint o les â'r plismyn, siawns," meddai ei wraig wrtho. *"Mi hola i o gwmpas."*

"Mae person plwyf yr Aber yn ysbrydegwr," meddai un o ffrindiau clwb garddio Eleanor Frankton wrthi ar ôl iddi sôn am y mater. *"Ond cofia, mae o'n un digon òd."*

"Waeth am ei odrwydd o, os ydi o o unrhyw werth," meddai Eleanor Frankton.

Ac felly y cyrhaeddodd y Parchedig Alexander Humphreys *Safe Haven* ar ôl te, un nos o Hydref. Ar ôl y cyfarchion arferol, mi ofynnodd y Parchedig a oedd yna ryw fan arbennig lle'r oedd y synau a'r gweledigaethau'n amlycach na'i gilydd.

"Yn nghefn y tŷ yma y maen nhw'n ddi-ffael," meddai Eleanor Frankton.

"Dyna ni 'te. Mi dreiwn ni weld beth ddigwyddith yn y gegin yma – os ydi hynny'n iawn gynnoch chi," meddai'r Parchedig.

"Chi sydd i ddweud," meddai Mrs Frankton.

"Ydych chi o'r un farn Mr Frankton?" gofynnodd y Parchedig. *"Ydych chi'n cytuno inni roi cynnig arni yma?"*

"Ydw, am 'wn i," meddai hwnnw.

"Dydych chi ddim rhy blês efo'r trefniant, Mr Frankton?" holodd y Parchedig. *"Ddim yn credu mewn pethau o'r fath, efallai?"*

"Ddim felly," meddai Mr Frankton.

"Felly y mae'r rhan fwya o bobol w'chi," meddai'r

129

Parchedig. *"Ond does gynnoch chi ddim gwrthwynebiad inni weld be sy yma?"* holodd.

"Ddim o gwbwl, Mr Humphreys," atebodd Mr Frankton. *"Mi fyddai'n dda iawn gen i petaech chi'n gallu ein helpu ni."*

"Mi dreiwn ni'n gorau, Mr Frankton," meddai'r Parchedig Alexander Humphreys. *"A pheidiwch â bod ag ofn. Fel arfer, does yna ddim byd o gwbwl i'w ofni – rhyw enaid pererin yn pryderu am fanion heb eu cwblhau yn yr hen fyd yma sy'n dod i fyny gan amlaf. Mi welwch pan ddaw unrhyw fodau, a all fod yma, arna i, fel rydym ni'n deud - mi fydd hynny'n amlwg ddigon ichi. Pan ddigwyddith hynny, peidiwch ag ymyrryd, peidiwch ag ymyrryd. Gyda'ch caniatâd, mi eisteddwn ni o gwmpas y bwrdd yma, ac mi wnawn ni hynny mewn tawelwch."*

A dyna a wnaethon nhw.

Buont yno mewn tawelwch am tua chwarter awr, ac yr oedd hi'n amlwg fod Edward Frankton yn anesmwytho. Amneidiai'r Parchedig Alexander Humphreys arno bob hyn-a-hyn i ymdawelu. Yna, yn weddol sydyn, caeodd y Parchedig ei lygaid a dechreuodd anadlu'n drwm. Daeth sŵn tincial harnes o rywle, rhywle lle na allai'r naill na'r llall o'r Franktons ei leoli. Daeth rhyw deimlad llethol dros y ddau. Yna clywodd y tri sŵn carnau a march yn chwythu ei ffroenau, reit y tu allan i'r drws cefn, fel yr ymddangosai. Cythruddodd y Parchedig, er bod ei lygaid ynghau, a'i fod fel pe bai o mewn rhyw fath o gwsg anesmwyth. Dechreuodd bwrdd y gegin ysgwyd yn egr, ac ar hynny dyma'r Parchedig yn dechrau llefaru, mewn llais rhyfedd, "O 'ma; o 'ma; o 'ma." Ni ddeallai'r Franktons ddim o'r hyn a ddywedai, wrth reswm; ac yr oedden nhw wedi eu brawychu'n enbyd, a heb wybod beth yn y byd i'w wneud. Erbyn hyn deuai sŵn ceffyl yn wyllt o'r patio yn y cefn, yn bystylad carnau a gweryru. Ergydiodd rhywbeth yn erbyn gwydyr y drws cefn. Yna dechreuodd y Parchedig lefaru drosodd a throsodd y geiriau, "Yr unfed ar ddeg; yr unfed ar ddeg; yr unfed ar ddeg." Yna, mor sydyn ag y dechreuodd y cynnwrf fe beidiodd, ac yr oedd hi eto'n ddistaw, ddistaw. Daeth y Parchedig Alexander Humphreys ato'i hun yn raddol. Gofynnodd am lymaid o ddŵr. Wedi yfed, ac wedi sadio, dywedodd, *"Mae gen i ofn fod rhywbeth go gry yma; rhywbeth hen hefyd."*

"Nid enaid pererin yn pryderu am fanion?" holodd Edward Frankton.

"Na, na. Yn sicir nid hynny," atebodd y Parchedig.

"Fedrwch chi wneud rhywbeth i gael gwared â beth bynnag sydd yma?" gofynnodd Eleanor Frankton.

"Wn i ddim. Mae 'na rywbeth yma sydd wedi cyffroi beth bynnag sydd wedi codi," meddai'r Parchedig. *"Y drwg ydi, fel y dwedais i, fod beth bynnag sydd yma'n hen, yn hen, a'i fod o'n ddig, yn ddig iawn."*

"Mi ddwedsoch chi rywbeth," meddai Mr Frankton.

"Do, mi wn," meddai'r Parchedig. *"Rhywbeth am fynd 'o 'ma' a dyddiad."*

" Pa ddyddiad?" gofynnodd Mrs Frankton.

"Yr unfed ar ddeg," atebodd y Parchedig, *"yr unfed ar ddeg."*

"Yr unfed ar ddeg o beth?" gofynnodd Mrs Frankton.

"Dim ond yr unfed ar ddeg a ddywedwyd," meddai'r Parchedig. *"Ond y mae'r unfed ar ddeg o Hydref wedi mynd heibio, a does dim arwyddocâd y gwn i amdano i'r unfed ar ddeg o Dachwedd,"* ychwanegodd. *"Yr hyn sydd yn eglur, yn eglur iawn y mae arna'i ofn, ydi fod y peth hen yma am ichi fynd oddi yma – y mae o yn eich erbyn chi, am ryw reswm. Ac y mae arno fo'ch eisio chi o'ma cyn rhyw unfed ar ddeg."*

"Mynd o'ma!" ebychodd Mr Frankton, *"Ond pam? Pam y*

dylem ni? Rydym ni wedi gwario ar y lle, ac rydym ni'n ddigon hapus yma."

"*Ar wahan i'r ymyrraeth yma,*" meddai Eleanor Frankton.

"*Oes yna ddim ffordd o gael gwared ar beth bynnag sydd yma, neu ei dawelu fo?*" gofynnodd Mr Frankton.

"*Mae beth bynnag sydd yma'n gry iawn, yn gry iawn hefyd,*" meddai'r Parchedig. "*Wn i ddim am unrhyw ffordd i'w dawelu, mae arna'i ofn."*

"*Be ydych chi'n ei gynghori felly?*" holodd Eleanor Frankton.

"*O ble y daethoch chi yma?*" gofynnodd y Parchedig.

"*O Birmingham,*" meddai Mr Frankton.

"*Ydi'ch tŷ chi yn fan'no'n dal gynnoch chi?*" gofynnodd y Parchedig.

"*Ydi. Ond hwn ydi'n cartre ni rŵan,*" meddai Mrs Frankton.

"*Mae 'na rywbeth arall yn meddwl mai hwn ydi ei gartre fo,*" meddai'r Parchedig. "*Ac y mae'r rhywbeth arall yma'n wirioneddol rymus, coeliwch fi. Welais i erioed ddim byd tebyg."*

"*Ond y mae hyn yn wallgo,*" meddai Mr Frankton. "*Rydym ni wedi gwario'n helaeth ar y lle yma, wedi cyflogi gweithwyr lleol, ac rydym ni'n cyfrannu at yr economi leol. Rydym ni'n rhan o'r gymdeithas."*

"*Ddim yn rhan o gymdeithas be bynnag sy 'na yn fan'ma,*" meddai'r Parchedig. "*Y mae'n ddrwg iawn gen i am hyn, ond y mae yna rywbeth yma sy'n dweud wrthych chi mai ei le fo ydi hwn."*

"*Be allwn ni ei wneud?*" gofynnodd Mrs Frankton yn drist.

"*Y peth saffa i'w wneud fyddai symud o'ma – am ryw gyfnod efallai – i weld beth ddigwyddith,*" meddai'r Parchedig. "*A pheidiwch ag oedi'n rhy hir. Mi faswn i'n mynd o'ma cyn yr unfed ar ddeg o Dachwedd, 'tawn i'n chi. A pheidiwch â dod yn ôl tan o leia'r flwyddyn newydd. Gyda'ch caniatâd chi, mi ddo i yma i gadw golwg ar bethau, i weld be ddigwyddith."*

Ac ar ôl cyn drafod a chynllunio, dyna'r hyn a ddigwyddodd. Gadawodd y Franktons eu *Safe Haven* am Birmingham, ond gan adael eu pethau yn y tŷ.

Aeth yr unfed ar ddeg o Dachwedd heibio'n ddiddigwydd. Ar ei ymweliadau â'r tŷ teimlai'r Parchedig Alexander Humphreys fod pethau wedi tawelu yno; ac ni allai deimlo unrhyw bresenoldeb yno. Gadawai i'r Franktons wybod am hyn, ond gan ychwanegu nad oedd hi'n ddiogel iddyn nhw ddod yn eu holau ar y pryd.

Ar y degfed o Ragfyr fe ymwelodd â *Safe Haven*, ac yr oedd yn amlwg iddo fod yna ryw gynnwrf eithriadol o gwmpas y lle. Er y gwyddai fod yno berygl, penderfynodd aros yno y noson honno – gyda chaniatâd y Franktons. Ni fwriadai fynd i gysgu, ac yr oedd yn eistedd yn y 'gegin pan glywodd o dincial cyntaf harnes. Dechreuodd yn isel, isel ac yna cryfhau. Yna dyma sŵn carnau ar y patio a gweryru ffyrnig ceffyl. Doedd y Parchedig Alexander Humphreys ddim yn un y gellid ei frawychu'n hawdd, ac yr oedd yn gyfarwydd â gweithgareddau diesboniad, ond nid oedd yn awyddus i edrych allan i weld beth oedd yn yr ardd gefn. Ond yr oedd yn ŵr dewr. Cododd, mynd at y drws cefn a'i agor. Yn ei wyneb yr oedd pen mawr march du, ei glustiau ar i fyny, ei ffroenau'n llydain, a'i lygaid yn loyw. Safodd y Parchedig ei dir, gan wynebu'r pen. A chododd ei olygon. Ar gefn y march yr oedd marchog llawn arfog, a chwfl ei helmed i lawr. Tynnodd y marchog ym mhen y ceffyl a chamodd hwnnw yn ei ôl. Erbyn hyn, dan olau oer y lleuad gallai'r Parchedig Alexander Humphreys weld y boncen y tu hwnt i glawdd yr ardd gefn. Yr oedd yno siâp caer goed, a gallai weld goleuni yn agorydd y ffenestri. Cododd y marchog ei gwfl, a gallai'r Parchedig weld, yn annelwig, wyneb barfog, cryf. Er nad agorodd y genau, clywodd y geiriau, "Fy llys i." Yna ciliodd y march a'i farchog, diflannodd y llys, gan adael y Parchedig Alexander Humphreys yno yn nrws cefn *Safe Haven*, ar yr unfed dydd ar ddeg o Ragfyr, yn syllu i loergan wantan y bore oer. Pan aeth i flaen y tŷ drannoeth, doedd yno ddim arwydd o'r enw *Safe Haven*, ond yr oedd yr hen enw, 'Cefn Llys' yno, yn union fel pe bai newydd ei ysgythru ar faen yr adeilad.

Ni ddychwelodd y Franktons yno, hyd yn oed i wagio'r tŷ, ac i drefnu i fordyn ac arno'r geiriau 'AR WERTH' gael ei sodro wrth y giât ffrynt.

O'r ddaear hen

"Ynglŷn â'r Celtiaid, hefyd – yr oedd ganddynt ddefodau ac aberthau: yr oedd yn arfer ganddynt ladd dyn trwy ei drywanu â chyllell a phroffwydo'r dyfodol oddi wrth ei gwymp a'i ddirgryniadau. Yn eu mannau dirgel ni orweddai hyd yn oed y bwystfilod; ni ddeuai gwynt yno, ni threiddiai stormydd i'r cyfrin leoedd; ond, heb wynt a heb awel, murmurai'r dail ar y coed ohonynt eu hunain. A phan fo'r nos yn dringo i'r awyr, y mae eu Derwyddon, trwy ofn a dychryn, yn dynesu at yr hen allorau, a thrwy aberth dynol, prynant hwy fywyd newydd i'r bobl, a ffrwythlondeb i'w tiroedd; a chredant hwy fod duwiau tywyll y ddaear hen yn codi o'r dyfnder i hawlio y cyfryw aberthau."

Ychydig flynyddoedd cyn geni Crist oedd hi, a'r lle oedd yr hyn a alwn ni yn Sir Fôn. Roedd y lloer wedi chwyddo bron iawn i'w llawnder crwn, a hithau'n hwyr ar noson glir yn y gwanwyn. Pelydrai ei goleuni oeraidd ar gylch o feini mewn llain agored o dir ynghanol coedwig yng Ngwernyfed. Yn gynyddol, cyrhaeddodd sŵn o ddyfnder y coed i'r llain; roedd yn sŵn anifeilaidd, yn rhyw ubain lloerig ynghyd â gwaeddau iasoer; ond sŵn dynol oedd o. O dan y sŵn hwn, a gryfhai ac a ddistawai, yr oedd sŵn rhythmig i'w glywed, yn glecian esgyrn a tharo tabyrddau. Yna'r oedd golau ffaglau lawer i'w weld yn y coed. Yn araf, o'r coed i'r llain agored, ymddangosodd gŵr talgryf wedi'i wisgo mewn dillad llaes. Am ei ben gwisgai groen llwynog

– y pen hwnnw yn gyfan ar dalcen y gŵr, a'i groen brown o'n hongian am ei war. Derwydd oedd hwn. Roedd ganddo ffon braff yn ei law dde. Daeth i mewn i'r cylch cerrig o gyfeiriad y dwyrain rhwng dau faen mawr, oedd fel porth, a symud i'r canol, at faen yno oedd yn wastad fel bwrdd; yna safodd wrth un pen iddo. Yr ochor arall i'r maen, yn yr ochor orllewinol, roedd yna ben wedi ei lunio o garreg, a hwnnw'n syllu, syllu'n ddiemosiwn tua'r dwyrain. Crynhôdd llawer o wŷr a gwragedd gyda'u ffaglau o amgylch y pen y tu mewn i'r cylch cerrig. Roedd golwg wyllt arnyn nhw, gyda'u gwalltiau'n sefyll i fyny'n stiff, a golau'r ffaglau'n gwneud i'w llygaid ddisgleirio'n loyw. Safodd y Derwydd yn ddisymud nes i bawb gyrraedd ac nes bod y twrw wedi distewi a phawb wedi llonyddu. Peidiodd yr awel, ac aeth y lle fel y bedd, a bu felly am bum munud. Yna clywyd hwtian tylluan wen o grombil y coed. Cydiodd ofn ac anesmwythyd yn y bobl o'i glywed, a phan ehedodd tylluan wen ar draws y cylch roedd yna gryn ystwyrian. Ond gwaeddodd y gŵr yn y canol rywbeth, a distawodd pawb. Yna cydiodd yn ei ffon yn ei ddwy law a'i chodi uwch ei ben. Yna'n araf gostyngodd ei freichiau, a dechrau cerdded tua'r dde, hynny yw, yn ôl tro'r cloc, o gwmpas y maen gwastad. Daeth yn ei ôl i'w fan cychwyn unwaith eto, a phawb yn ddistaw, ddistaw. Yna cododd ei ffon yn ei law dde. Daeth chwech o ddynion yn hanner cario, hanner llusgo gŵr, a hwnnw ym mlodau ei ddyddiau, i'r canol. Redd wedi ei lonyddu â rhyw gyffur. Dywedodd y Derwydd rai geiriau wrth gyfarch un o dduwiau'r llwyth, a rhoddodd y chwe dyn y gŵr i orwedd ar y maen gwastad. Dynesodd merch ifanc mewn gwisg wen, laes at y Derwydd yn cario cyllell, sylweddol ei maint, ar garreg denau wastad. Gan barablu'n brysur cydiodd y Derwydd yn y gyllell, ei chodi uwch ei ben, ac yna trywanu'r gŵr ar y maen yn ei stumog. Gwingodd hwnnw mewn poen. Arhosodd y Derwydd am rai munudau gan syllu ar symudiadau'r gŵr, yna nodiodd, a daeth tair merch ato yn cario dysglau. Torrodd yntau wythiennau uwch dwylo'r gŵr a aberthid a llifodd gwaed coch, twym i'r dysglau. Yna cododd y sŵn ubain a gweiddi eto, a dechreuodd y curo rhythmig gryfhau a chryfhau. Tywalltwyd y ddysglaid gyntaf o waed ar y pen oedd ar un tu i'r maen gwastad, yna rhedodd y merched o gwmpas gan daflu defnynnau o waed am ben y bobol. Wedyn daeth y chwe dyn at y maen gwastad eto; nodiodd y Derwydd, a dyma nhw'n codi'r corff gwaedlyd a'i gario uwch eu pennau allan o'r cylch, trwy'r porth, at ymyl y goedwig, lle'r oedd pentwr mawr o goed a gwellt. Dyma nhw'n gosod y corff ar ben y pentwr hwn ac yna'n sefyll, tri bob ochor i'r Derwydd. Yna cododd hwnnw ei ffon eto a gweiddi, a daeth y bobol efo'u ffaglau i gynnau'r pentwr coed gan weiddi'n wyllt a gwneud synau anifeilaidd. Cydiodd tân yn y gwellt a'r coed, a llamodd fflamau'r goelcerth i fyny'n uchel i'r awyr. Yna dechreuodd y bobol glywed oglau cnawd yn llosgi, ac aeth eu symudiadau a'u gweiddi'n gan gwaeth wrth iddyn nhw gylchu o gwmpas y tân tua'r dde, tua'r dde. A gwyddai pawb oedd yno y byddai helfeydd yr anifeiliaid yn fras, a'r cnydau'n doreithiog ym misoedd y flwyddyn oedd i ddod.

· · ·

Roedd hi'n fis Medi, a'r ŷd yn felyn ar ei droed, yn cyhwfan ac yn siffrwd yn y gwynt ysgafn a chwythai o'r dwyrain, nid nepell o ffermdy Gwernyfed. Mewn meysydd wrth law roedd yr anifeiliaid yn drymion a braisg, y gwartheg yn llaetha'n rhyfeddol, a'r defaid llawr gwlad yn weddgar ac yn gnodiog, fawr. Mewn cae go ysgythrog a chreigiog gerllaw, wrth ymyl llain gron o goed, yr oedd yna gryn weithgarwch: yr oedd yno archaeolegwyr efo tapiau mesur yn pegio a rhaffu mewn un man, a'u myfyrwyr wrthi'n cloddio'n dyner, neu frwsio darnau o betheuach yn ymgeleddus mewn man arall, ar dir caled oedd wedi ei ddadgroenio. Roedd aelodau o Brifysgol Cymru, Bangor, yno wrthi'n ddiwyd, a hynny ar ôl ennill arian go sylweddol ar gyfer project y bu cynllunio maith a chyflwyno manylion mewn sacheidiau o bapurau ar ei gyfer. "Bu'r Celtiaid yma," meddai'r cyflwyniad rhagarweiniol am y grant, "neu lwythau y mae eu holion i'w cael mewn amryw fannau yn Ewrop" – rhag ofn y byddai cefnogwyr y damcaniaethau 'Angheltaidd' diweddaraf ar y Pwyllgor Ariannu Prydeinig. Ond ar ôl ennill y grantiau, ac ar ôl mis o waith ar y safle, go denau oedd y dystiolaeth am ddim byd yn y lle. O bryd i'w gilydd oedai rhai o fustych chwilfrydig fferm Gwernyfed i syllu ar y gweithgarwch a rhoi ambell fref o syndod, neu ddirmyg – roedd yn anodd i'r archaeolegwyr ddweud prun.

Ar dir y fferm, Gwernyfed, yn y chwedegau, roedd y cyngor sir wedi codi cylch teidi o dai cyngor ac, yn ôl yr arfer yr adeg honno, wedi rhoi gardd nobl i bob un. Ond ychydig o arddwyr ymroddedig fu yno, er gwaetha'r ffaith fod y tir yn dir ffrwythlon. Ar ôl iddo ymddeol, fe benderfynodd William Jones fynd ati i balu ei ardd er mwyn tyfu tatws a llysiau, a hynny am y tro cyntaf. Bu wrthi'n fforchio, rhawio, a cheibio i geisio troi ei lawnt go bethma yn dir-tyfu. Roedd o wrthi un prynhawn pan drawodd ei raw ar rywbeth caled. Ceisiodd lacio'r pridd o gwmpas beth bynnag oedd yno, ac yna plygodd i hel y pridd ymaith, â'i law, oddi ar garreg go sylweddol ei maint, fel y tybiai. Wedi i'r garreg ddod yn ddigon llac i'w symud, fe'i cododd. O ran ffurf roedd hi fel pen. Aeth William â hi at y tap yn yr ardd a gadael i'r dŵr lifo drosti i'w golchi.

"Wel nefi, pen ydi hi hefyd!" meddai wrtho'i hun wrth weld dau lygad lledrithiol, uwch trwyn a genau syth yn edrych arno. Wrth edrych yn ôl ar y pen aeth iâs oer o arswyd i lawr cefn William Jones. Yna sadiodd a dweud, "Gwiriondeb ydi bod ag ofn peth fel hyn: dim ond carreg ydi o."

Aeth â'r pen i'r tŷ, ac fe'i gosododd o, gyda chlonc brennaidd, ar yr oelcloth plastig ar fwrdd y gegin gefn. Daeth ei wraig, Jane, drwodd o'r stafell ganol. "Faint o weithiau sy eisio imi ddweud wrthyt ti am gadw pethau trymion oddi ar . . ." Yna gwelodd hi'r pen, a distawodd.

"Dod o hyd i hwn yn yr ardd," meddai William.

'Ddywedodd Jane yr un gair, dim ond syllu ar y pen.

"Mae hwn yn hen m'wn," meddai William.

"Dwn i ddim am ei 'hen' o, ond y mae o'n codi ofn arna i. Dydw i'n licio mono fo," meddai Jane.

"Twt lol, ofn be? Be sy gen ti'n ei erbyn o?" meddai William, heb gyfaddef iddo yntau gael iâs o arswyd o'i weld o am y tro cyntaf. "Dim ond carreg ydi o; pen carreg o ryw oes."

"Pen carreg, ella, ond mae yna rywbeth anghynnes iawn ynddo fo," meddai Jane. "Dos â fo o 'ngolwg i."

"Mi wna i," meddai William, "ar ôl imi roi sgrwb arall iddo fo . . . Duwcs, efallai ei fod o'n werth pres. Mae lot o'r hen betha yma'n werthfawr. Ti'n cofio'r hanes hwnnw ar telifision am ryw hogyn yn dod o hyd i gleddau hen, ac yn cael lot o bres amdano fo?"

"Waeth gen i am ei werth lot o bres o, cer â fo o'ma."

Yn y washws bach fe sgrwbiodd William Jones y pen, ond aeth o ddim ag o allan: fe'i trawodd o wrth ymyl y sinc yn y gegin gefn – heb i'w wraig ei weld yn gwneud hynny.

∙   ∙   ∙

Gyda'r nos, mi aeth William Jones allan am ei beint i'r dafarn leol. Roedd yr hen le wedi ei ail-wneud o'r top i'r gwaelod, ac yn gajets i gyd: sgrîn deledu anferth ar gyfer gemau pêl-droed; peiriannau gamblo unfraich; peiriannau-pwnio-peli; gorchuddiadau o blastig; mwsac tawel, hydreiddiol. Roedd yr ugeinfed ganrif ac America, y Byd Newydd, wedi cyrraedd Porthau'n sicir ddigon. Daeth William â pheint a'i daro ar y bwrdd, yn un o gonglau tawela'r lle, o flaen ei gyfaill Ifan Rees. Eisteddodd gan ddechrau sipian o'i wydyr peint ei hun. Aeth yn ei flaen gyda'r sgwrs yr oedd ar ei chanol.

"Ie, fel ro'n i'n deud; wrth balu dyma fi'n taro'n erbyn y peth 'ma. A dyma fi'n ei dyrchu o o'r pridd, a be oedd o ond pen, pen carreg."

"Oedd golwg hen arno fo?" gofynnodd Ifan.

"O oedd, golwg hen. Mi ges i dipyn o drafferth i'w olchi o, beth bynnag. Rhyw feddwl o'n i – os ydi o'n hen – tybed ydi o'n werth rhywbeth?"

"Mae rhyw bethau o'r coleg wedi bod yn tyllu tua'r ffarm Gwernyfed yna – cael hyd i fawr ddim chwaith, ond rhyw hen gerrig am wn i. Rheini wedi bod yno ers oes y dilyw 'ddyliwn," meddai Ifan.

"Mi glywais i fod yna rywun wedi bod yn tyllu tua Gwernyfed," meddai William.

"Dynes. Miriam . . . ym . . . Miriam Vaughan. Dynes glyfar iawn. Hi fedar ddeud wrthyt ti am dy ben," meddai Ifan.

"Wel ia, ond lle mae cael gafael arni?" gofynnodd William.

"Coleg 'te; coleg Bangor yna. Y cwbwl sy eisio iti ei wneud ydi mynd â dy ben yno efo chdi," meddai Ifan.

"Fy nau ben!" meddai William gan gyffwrdd ei ben ei hun a gwenu.

"Ia," meddai Ifan , " a gadael iddi hi benderfynu prun ydi'r un carreg!"

• • •

Y noson honno, gefn drymedd nos, deffrodd Jane Jones yn sydyn, heb wybod pam. O'i thrwmgwsg fe'i cafodd ei hun yn lân effro. Roedd ei gŵr yn cysgu'n stryffaglyd wrth ei hochor gan rochian beth ac yna distewi, ac yna anadlu'n drafferthus. Gwrandawodd Jane yn astud. Oedd yna rywun o gwmpas y tu allan? Oedd yna sŵn rhyfedd i'w glywed – rhyw rythm esgyrnog? Cododd at y ffenest ac edrych i'r ffordd. Yn ngolau'r lleuad, a oedd bron yn lleuad lawn, ni allai weld neb, ac yr oedd pob man yn wag ac yn dawel, dawel. Yna dechreuodd snwyro. Roedd yna ryw oglau rhyfedd, fel oglau anifeiliaid, i'w glywed; oglau nid annhebyg i oglau beudy ei thaid ers talwm.

"Panad," meddai wrthi'i hun, gan godi a cheisio lladd ei hanesmwythyd. Trawodd ŵn-nos amdani a rhoi ei slipas am ei thraed. Aeth i ben y grisiau, a chan ddibynnu ar olau'r lleuad a'r golau a ddôi o lamp y ffordd trwy wydyr y drws ffrynt fe ddechreuodd fynd i lawr. Yr oedd yn y lobi pan ddaeth cysgod, cysgod mawr, dros wydyr y drws. Yna clywodd sŵn crafu ar bren y drws, sŵn ewinedd yn crafu, a hefyd sŵn tebyg i anifail yn chwythu trwy'i ffroenau. Yna, yn aneglur, gwelodd wyneb yn ymddangos yn

141

ngwydyr y drws yn edrych i mewn. "Anifail," oedd y gair a saethodd i'w meddwl cyn iddi lewygu.

Deffrodd y cyffro William Jones. Wrth sylweddoli nad oedd ei wraig yn y gwely, ymbalfalodd ei ffordd at ddrws y llofft a tharo'i fys ar fotwm golau'r landin. Gwelodd ei wraig ar ei hwyneb ar lawr wrth y drws ffrynt. Rhuthrodd ati a hanner ei llusgo, hanner ei chario'n stryffaglyd a'i rhoi i orwedd ar y soffa yn y stafell fyw. Yna trôdd y golau arnodd ac, yn ei fraw, dechreuodd rwbio ei llaw ac ailadrodd "Jane, Jane," mewn ffordd ddiymadferth. Yn raddol, raddol dechreuodd Jane ddadebru.

"Rhywbeth ddo'th drosot ti?" gofynnodd William.

Anadlodd Jane yn drwm, "Roist ti'r pen yna allan?" gofynnodd hi.

"Wel . . . ddim allan yn hollol . . ." cychwynnodd William.

"Mae o i mewn yn y tŷ yma felly!" meddai Jane. "Ar ôl imi ofyn iti fynd â fo o'ma."

"Wrth y sinc y mae o," meddai William, yn ymddiheurol.

"Mae'r sinc yn y tŷ," meddai hithau. "Ar ôl imi ofyn iti . . ."

"Y pen wnaeth iti lewygu?" gofynnodd William.

"Nid y pen ond . . . rhywbeth sy'n dilyn y pen . . . be wn i," meddai hithau.

"Rhywbeth yn dilyn y pen!" ebychodd William.

"Mi ddwedais i ddigon wrthyt ti fod yna rywbeth ynghylch y peth," meddai hi. "Mi ddylet fod wedi mynd ag o allan."

"Wyt ti'n siŵr nad hel meddyliau'r wyt ti . . . cael hunllef?" gofynnodd William.

"Dos â'r peth 'ma allan o'r tŷ yma," meddai hithau.

"Be'n hollol welaist ti?" gofynnodd yntau.

"Be wn i be welais i," meddai Jane.

"Brandi. Mi â' i i nôl tropyn o frandi iti; mi setlith hwnnw chdi," meddai William.

"Yr unig beth setlith fi ydi cael gwared o'r pen yna. Dos â fo o'ma."

"Be rŵan? Yr adeg yma o'r nos?" gofynnodd William.

"Rŵan," meddai hithau, "a phaid ti â meiddio dod â'r sglyfaeth peth yn agos yma eto. Os bydd y pen yna yma, mi fydda i'n mynd o'ma."

Cododd William yn ymddiheurol ei osgo, mynd at y sinc, a chario'r pen drwy ddrws y cefn i'r ardd. Daeth yn ei ôl, a thywallt dipyn o ddŵr poeth ar chwarter gwydraid o frandi. Ychwanegodd lwyaid dda o siwgwr am ei ben o, a'i droi o.

"Dyma chdi, yli; yfa hwn. Mi deimli'n well wedyn. A hidia di befo'r pen; mi â' i â fo o'ma heddiw."

Eisteddodd Jane i lawr efo'r gwydraid o frandi.

"Rydw i am fynd â'r pen i'r coleg – coleg Bangor. Mae Ifan yn dweud fod yna griw o fan'no'n tyllu am ryw hen bethau ar dir Gwernyfed. Dynes sy'n gofalu am y tyllu, meddai fo, dynes glyfar iawn, Miriam Vaughan," meddai William.

"Cynta'n y byd, gorau'n y byd," meddai Jane.

Edrychodd William ar y cloc mawr; cododd ac aeth ato i sbio'n fanylach ar ei wyneb o.

"Wel 'rargian annwyl . . ." meddai.

"Be sy?" gofynnodd Jane.

"Mae hwn wedi stopio. Dau o'r gloch y bore. Rhyfedd."

"Pryd y codais i?" gofynnodd Jane.

"Wn i ddim . . . Dydi hwn ddim wedi stopio fel hyn erioed i mi wybod."

"Tua dau oedd hi pan godais i. Rhaid fod y cloc wedi

stopio," oedodd, ac edrych ar ei gŵr gydag ofn, "pan oedd y peth yna'n trio dod i mewn."

"Threiith o ddim eto, iti; mi wna i'n sâff o hynny."

"Wil!" meddai Jane.

"Be sy?"

" Y blodau 'na."

"Be amdanyn nhw?" gofynnodd William.

"Wedi gwywo."

"Gwywo?" Edrychodd ar gawg gwydyr a llanast o liwiau petalau wrth ei droed.

"Wêl, be ti'n ddisgwyl yn y gwres sy yn y tŷ yma, ond gwywo. Yli, wedi styrbio'r wyt ti; ella y buasai'n well iti alw i weld y doctor."

"Does yna ddim byd o'i le arna i. Mi fydda i'n berffaith iawn 'tasa'r pen felltith yna'n mynd yn ddigon pell o'ma. Mae o fel pe bai o, neu be bynnag sy efo fo, eisio i rywun neu rywbeth farw, – fel y blodau yna."

• • •

Roedd hi tua deg o'r gloch y bore pan roddodd William Jones y pen mewn bocs carbord a'i roi o yn nhrwmbal ei gar, a'i gwneud hi am Goleg Bangor. Parciodd ar y lôn a mynd draw at y dderbynfa.

"S'mai. Alla i fod o ryw help?" gofynnodd y Prif Borthor.

"Chwilio am Miriam Vaughan, Dr Miriam Vaughan yr ydw i. Dydi hi ddim yn digwydd bod o gwmpas?" gofynnodd William.

"Arhoswch funud, mi ffonia i'r Adran i weld lle y mae hi – mi all fod yn yr Adeilad Archaeoleg i lawr yn y gwaelodion yna neu, y dyddiau yma, tua Gwernyfed yn Sir Fôn."

Ffoniodd y Prif Borthor. Yna trôdd at William Jones, "Dydi hi ddim yma heddiw; mae hi'n gweithio adre."

"Tewch da chi," meddai William. "Lle mae ei hadre hi, felly? Oes yna ddim siawns imi fynd draw yno tybed? Ddeuda i ichi be sydd: rydw i wedi dod o hyd i'r pen yma, pen carreg yn yr ardd – ar dir oedd yn arfer bod yn rhan o fferm Gwernyfed, fel y mae hi'n digwydd."

"Pen carreg!"

"Ie, dyma fo yn y bocs yma. Braidd yn drwm i'w haldio o gwmpas a deud y gwir."

"Wel, dwn 'im," meddai'r porthor. Yna ar ôl saib fechan ychwanegodd, "Ddeuda i wrthoch chi be wna'-i, mi ro i ganiad iddi adre," a dechreuodd ddeialu, ac yna ychwanegodd, "fedar hi wneud dim byd gwaeth na gwrthod." Siaradodd ar y ffôn, ac yna ei roi i lawr.

"Mae gan Dr Vaughan ddiddordeb mawr yn y pen. Mi fyddai'n dda ganddi'ch gweld chi. Ydych chi'n gwybod am y ffordd yna sy'n mynd i lawr am Frynsiencyn, jest cyn ichi ddod i mewn i Lanfair-pwll?"

"Gwn yn iawn," meddai William.

"Dilynwch y ffordd honno am tua phedair milltir go-lew ac mi ddowch at dŷ go helaeth ar y dde, tŷ ar ei ben ei hun – 'Maelog': hwnnw ydi'r lle," meddai'r porthor.

"Diolch ichi am eich help," meddai William. "Mi â' i ynteu. Da boch chi."

"Da boch, a phob hwyl," meddai'r porthor.

Chafodd William Jones ddim trafferth cael hyd i 'Maelog', a chyn pen dim yr oedd o, a'r pen yn ei focs, yn y lolfa, a Dr Vaughan yn hwylio paned o goffi iddi hi ac yntau.

"Dowch imi gael golwg arno fe," meddai Miriam Vaughan, gan nodio at y bocs.

Estynnodd William o, a'i roi iddi hi gan ddweud, "Byddwch yn ofalus, mae 'na bwysau arno fo 'chi."

"Ydi mae e'n drwm," meddai Miriam. Yna eisteddodd

a'r pen ar ei glin. Tynnodd ei phen yn ôl braidd yn sydyn, fel pe bai hi wedi cael braw, ond daeth ati ei hun cyn pen dim. Edrychai William Jones yn graff arni. Ni ddywedodd hi ddim byd am ychydig; yna gofynnodd, "Ymhle y cawsoch chi hyd iddo fe?"

"Wrth balu'r ardd, troi y tir 'lly."

"Ble'n union yr ŷch chi'n byw?" gofynnodd hi.

"Yn y Porthau, Stad Tai Gwynion. Tai cownsil."

"Tir Gwernyfed."

"Cywir."

"Rydym ni wedi bod yn cloddio ar dir Gwernyfed," meddai Miriam.

"Do, mi wn . . . Ifan Rees, sy'n ffarmio yn y cylch, fo ddeudodd wrthyf i amdanoch chi." Oedodd, ac yna gofyn, "Ydi o'n hen?"

"Hen. Ydi, fydden i'n dweud ei fod e'. Wrth gwrs, mae'n rhaid imi gael manylach golwg arno fe . . . A phen Celtaidd yw e'n siŵr," meddai Miriam.

"Be oedd y rheini?" holodd William.

"Y Celtiaid oedd hen hynafiaid y Cymry a'r Gwyddelod a phobl yr Alban a Llydaw. . . Wrth gwrs, fedra i ddim bod yn siŵr, ond mi all y pen yma fod yn hen iawn."

"Pa mor hen?"

"Fe all e' fod dros ddwy fil o flynyddoedd o oed, cyn geni Crist," atebodd Miriam.

"Mae hyn'na'n gythgam o hen . . . y . . . fel y byddwn ni'n deud . . . Ydi o'n werth pres?" gofynnodd William.

"Mae e'n ben diddorol iawn. Fe all e' fod yn werth pres; ond dydw i ddim yn meddwl eich bod chi wedi dod o hyd i drysor hynod o werthfawr."

"O! . . . Ond be oedd pwrpas peth fel hyn? I be oedd peth fel hyn yn dda?"

"Roedd y pen yn beth pwysig a chysegredig i'r Celtiaid.

Roedden nhw'n meddwl mai yn y pen yr oedd yr enaid," esboniodd Miriam.

"Dŷw, doedd 'na ddim enaid neb mewn lwmp o garreg fel hyn!"

"Nac oedd siŵr, ond roedden nhw'n meddwl y medren nhw ddylanwadu ar bethau trwy wneud pennau fel'ma, o gerrig."

"Dylanwadu ar be felly?" holodd William.

"Ar eu duwiau, a thrwyddyn nhw ar y tywydd, y tymhorau a phethau felly. Efallai y bydden nhw'n eu defnyddio nhw mewn defodau . . ."

"Defodau?"

"Rhyw fath o wasanaeth capel i ni, gwasanaeth cysegredig."

"Wel dwi fy hun fawr o gapelwr 'chi," meddai William Jones. "Mae Jane, y wraig 'cw'n mynd yn amlach na fi o lawer." Oedodd, ac yna mynd yn ei flaen,"Fydda i ddim yn gweld gwasanaethau capel yn rhyw bethau cysegredig iawn – Methodist ydym ni. Fi fy hun – mae'n well gen i wasanaeth yr Eglwys; mae o'n fwy cysegredig rywsut, efo canhwyllau a ballu."

"Rhyw fath o help ydi'r canhwyllau i fod," meddai Miriam.

"Be, i godi ysbrydion?"

"Na: rhyw fath o help i ddod â'r duwiau'n nes." Aeth Miriam draw at silff lyfrau a dewis llyfr am y Celtiaid, agorodd o, a dod o hyd i luniau o rai o'r duwiau Celtaidd. "Dyma ichi luniau o rai o'u duwiau nhw, a'u pennau – y Celtiaid – edrychwch."

Edrychodd William Jones mewn syndod ar luniau o rai o'r duwiau, ac o rai pennau cerrig, lluniau a dynnwyd yn amryw o wledydd Ewrop.

●　　●　　●

Y noson honno roedd y Dr Miriam Vaughan, ei gŵr Arthur, a'u merch Anna (a oedd yn un ar bymtheg oed) gyda'i gilydd yn y lolfa lle y bu William Jones yn gynharach yn y dydd. Roedd Arthur yn bwrw golwg ar y papur newydd, Miriam yn mynd drwy adroddiadau ar y gwaith cloddio yng Ngwernyfed, ac Anna wrthi ar fwrdd yn un gornel o'r ystafell yn gorffen ei gwaith cartref. Ymhen tipyn dyma Arthur yn codi ei ben o'i bapur, tynnu ei sbectol a rhoi bôn un fraich ohoni yn ei geg ac yn dweud, "A dyma'r dyn yma'n dod efo pen mewn bocs?"

"Ie," meddai Miriam, heb gymryd llawer o sylw o'r hyn a ddywedwyd.

Aeth Arthur yn ei flaen, "William Jones o Sir Fôn yn palu yn ei ardd, ac yn dod o hyd i ben." Yma oedodd.

"Dydw i ddim yn gweld dim achos am y syndod mawr yma," meddai Miriam, heb ddangos unrhyw ddiddordeb gwirioneddol yn yr hyn oedd yn cael ei ddweud.

"Hy!" meddai Arthur, "William Jones yn digwydd mynd i'r ardd i balu am bnawn, ac yn dod o hyd i ben . . . a chwithau, yr archaeoegwyr dysgedig, wedi bod yn tyrchu am wythnosau . . . heb ddarganfod yr un sosej!" A chwarddodd yn ddistaw.

"Gadwch iddi, dad," meddai Anna.

"Roedd William Jones yn credu ei fod e' wedi dod o hyd i ffortiwn," meddai Miriam.

"Biti'n wir na fasai fo," meddai Arthur.

"Ond mi gymerodd e' gryn dipyn o ddiddordeb ynddo fo hefyd; yn enwedig ar ôl imi ddangos lluniau iddo fe, o dduwiau a phennau, o'r llyfr yna," meddai Miriam.

"Waeth iti un pen mwy na'r llall ddim, 'na waeth," meddai Arthur.

"Na, ddim o gwbl," meddai Miriam, "y mae gan bob un ohonyn nhw ei gymeriad arbennig ei hun."

Rhoddodd Arthur ei bapur o'r naill du a phlygu ymlaen i godi'r pen carreg, y daeth William Jones ag o yno, oddi ar y bwrdd coffi o'i flaen. "Dewcs, mae 'na bwysau arno fo hefyd," meddai, ac yna gofyn, "A sut gymêr oedd yr hen frawd yma tybed?" gofynnodd.

"Os wyt ti eisie gwybod: braidd yn anifeilaidd," atebodd Miriam.

"Twt lol, pen ydi pen 'te," meddai Arthur.

"Dydw innau ddim yn ei leicio fo chwaith, Mam," meddai Anna.

"O, dwy ohonoch chi rŵan! Wel, pa obaith sy yna i greadur o ddyn 'te: ond dyna fo, rydw i yn y lleiafrif dragwyddol yn y tŷ yma'n 'tydw," meddai Arthur.

"Gwranda ar dy dad, Anna!" meddai Miriam, ac yna, gan droi at ei gŵr dweud, "Dyna ti, druan bach, yn wastad yn cael cam!"

"Wel be am banad o goffi i greadur truan 'te . . . A dwy lwyaid o siwgwr y tro yma," meddai Arthur.

"Dwy lwyaid o siwgwr eto!" meddai Anna'n wawdlyd-chwareus.

"Y dyn sydd yn mynd i golli stôn o bwysau!" meddai Miriam.

"Ac yn mynd i redeg dwy filltir bob dydd i gadw'n ffit!" meddai Anna.

"Ydych chi'n sylweddoli eich bod chi ym mhresenoldeb capten newydd Tîm Cricet Cyfreithwyr Arfon?" gofynnodd Arthur.

"Chi!" meddai Anna gan or-wneud ei syndod.

"Ie, fi. A llai o synnu 'mechan i," meddai Arthur.

"Ti'n gwybod pam on'd wyt," meddai Miriam wrth Anna, "Macnabs ydi'r ienga yn y tîm – mae'r lleill i gyd dros oed yr addewid."

"Wel, mi fydd yn rhaid i'r capten tew estyn ei baned ei

hun heno," meddai Anna, "achos y mae capten *tenau* y tîm pêl-rwyd yn mynd i'w throi hi am ei gwely. Nos dawch."

"Watjia di, 'merch i!" meddai Arthu, gan chwerthin, ac yna dywedodd, "Nos dawch," wrth ei ferch.

Aeth Arthur i'r gegin i wneud paned o goffi iddo'i hun, ac i'r ddwy arall. Pan gyrhaeddodd yn ei ôl efo'r paneidiau, dywedodd Miriam, "Dyro fy nghwpan i ar fan'na," – sef y bwrdd lle'r oedd y pen. "Mi â' i â'r baned i Anna."

Aeth i fyny i lofft ei merch. Roedd honno wrthi'n darllen cylchgrawn merched.

"Trît bach iti heno," meddai Miriam. "Gwranda, mae dy dad a finnau am fynd i Amwythig dydd Sadwrn. Ti eisio dod – fe fydd yn gyfle iti siopa."

"Na, rydw i'n mynd allan erbyn saith."

"Fe fyddi di'n ôl yn hen ddigon buan, os wyt ti eisie," meddai ei mam.

"Na . . . ond mae na rywbeth y gellwch chi ei wneud imi," meddai Anna, a thrôdd i dudalen arbennig yn y cylchgrawn. "O'n i'n meddwl gwneud ffrog i mi'n hun; mi fydda i eisio defnydd."

"Pa fath o ddefnydd?"

"Mae o'n dweud ar y patrwm. Dyma fo."

"Ti'n licio'r gwddwg yna?" gofynnodd Miriam.

"O'n i'n meddwl newid hwn'na."

"Mi â' i â hwn gyda mi ddydd Sadwrn. Paid â bod yn rhy ddiweddar nawr. Nos da."

"Nos da."

Yn y man, mi aeth pawb i gysgu.

Mewn cae heb fod ymhell o flaen tŷ'r Vaughaniaid roedd Idris Huws yn cadw geifr. Roedden nhw wrthi'n symud fel yr oedd y goleuadau yn diffodd yn ffenestri'r tŷ. Heb unrhyw reswm dyma nhw i gyd yn sefyll yn stond, fel pe baen nhw wedi gweld rhywbeth, ac yn aros felly am rai munudau. O bell, daeth sŵn fel esgyrn yn cael eu clecian, yn rhythmig, a daeth cri anifeilaidd o'r coed wrth law. Yna dyma'r synau'n peidio'n gyfan gwbwl, a dyma'r geifr yn dechrau symud eto.

Yn y tŷ dyma dician y cloc yn dechrau mynd yn uwch, uwch; ac yna dyma'r cloc yn stopio. Ar sil un o'r ffenestri dyma'r blodau melyn oedd yno'n dechrau bwrw eu petalau, a dyma'r rheini'n dechrau syrthio'n wywedig o gwmpas y gwydyr-blodau.

Ond roedd y tri oedd yn y tŷ yn cysgu'n dawel. Yna'n sydyn deffrôdd Miriam, heb wybod pam. Arhosodd yn gwrando. Roedd yna fel petai rhyw sŵn i'w glywed, ond ni allai fod yn sicir o hynny. Erbyn hyn, roedd ei holl synhwyrau'n astud effro. Oedd, yr oedd yna ryw sŵn . . . fel clecian esgyrn ymhell, bell; rhyw fath o glecian rhythm, a . . . rhywbeth yn debyg i sŵn anifail neu anifeiliaid, eto yn y pellter. Cododd ar ei heistedd. Roedd drws ei llofft hi ac Arthur yn agored, a golau-gwarchod gwantan ar y landing. Edrychodd Miriam draw at y ffenest y llofft. Yno gwelodd siâp du, a ymddangosai iddi hi yn enfawr. Dechreuodd y siâp symud yn araf, araf heibio troed y gwely. Fel y dynesai at y golau gwan gallai Miriam weld fod beth bynnag oedd yno'n llawer talach na chwe throedfedd, a bod ganddo ben llydan. Fel y dynesai at y drws agored gwelodd fod ganddo rhyw fath o . . . ni allai weld yn iawn . . . ond rhyw fath o gyrn yn tyfu o'i ben. Aeth y ffigwr du allan trwy ddrws y llofft i'r landing ac o'i golwg.

Neidiodd o'r gwely a tharo'r golau oedd ar y bwrdd bach wrth ei ochor, a mynd allan i'r landing. Deffrodd hynny Arthur.

"Miriam . . . Miriam," meddai Arthur, gan fynd allan ati.

"Does yna ddim byd yma'n nac oes?" gofynnodd hi.

"Dim byd," meddai Arthur yn syn. Yna gofynnodd am esboniad i'w chwestiwn hi, "Be wyt ti'n ei feddwl?"

"Ond yr oedd yna rywbeth yma," meddai hi.

"Na, does yna ddim byd."

"Oedd, yr oedd yna rywbeth . . . "

"Breuddwydio wnest ti . . . cael hunllef," meddai yntau.

"Nid hunllef," meddai hithau'n bendant, bendant.

"Yli, mi â' i i chwilio," meddai Arthur. "Mi â' i drwy'r tŷ i gyd."

"Mi ddo i 'da thi," meddai hithau.

Aeth y ddau i lawr y grisiau, a dechreuodd Arthur sicrhau fod pob drws a ffenest wedi cael eu cloi yn iawn. Aeth Miriam i'r lolfa a syllu ar y pen. Daeth Arthur ati, a dweud, "Dyna ti. Dyna ti. Does 'na ddim byd yma."

"Wyt ti'n ogleuo rhywbeth?" gofynnodd hi.

"Be?"

"Rhywbeth . . . anifeilaidd."

"Chlywa i oglau dim byd . . . Rŵan tyrd, mi awn ni'n ôl i'r gwely . . . Mae pob peth yn iawn."

"Y pen," meddai hithau.

"Tyrd yn dy flaen rŵan. Mae pob peth yn iawn, gei di weld."

Gafaelodd ynddi a'i harwain yn ei hôl i'r llofft a'r gwely.

• • •

Y diwrnod canlynol aeth Miriam i'r labordy oedd yn adeilad Archaeoleg Gwynedd.

"A! Miriam, ti sydd yna," meddai Alan, y prif archaeolegydd, wrthi.

"Sut wyt ti?"

"O, iawn diolch yn fawr."

"Ti'n brysur?" gofynnodd Miriam.

"Digon i'w wneud, ti'n gwybod." Ar ôl saib ychwanegodd Alan. "Wel, be sy'n dy boeni di?"

"Poeni! Does dim byd yn fy mhoeni i," atebodd hithau. "A phaid â gadael imi ymyrryd â dy waith di . . . Ar be wyt ti'n gweithio?"

"Gwernyfed. Mae gen i ugain neu ragor o samplau, ac yna fe fydd y cyfan ar ben, am wn i."

"Wel, ynglŷn â hynny dde's i. Mi ddaeth yna ddyn acw gyda phen Celtaidd."

"Yn wir? Ble cafodd e fe?"

"Tai Gwynion. Palu'n yr ardd, medde fe. . . Rwy'n siŵr fod yna gysylltiad rhwng y pen yna a Gwernyfed."

"Sut ben yw e?" gofynnodd Alan.

"Wel, a dweud y gwir wrthyt ti, mae e braidd yn anghynnes."

"Anghynnes! Hm," meddai Alan. "Mae yna olion esgyrn dynion ymysg y samplau pridd. Duw a ŵyr pa fath o ddefodau . . . barbaraidd . . . fu'n gysylltiedig â'r lle. Cymer olwg ar hwn," meddai. Aeth Miriam ato ac edrych i lawr y meicrosgop ar asgwrn dyn ag olion llosgi arno. "Mae'n rhyfedd ein bod ni'n sôn am hyn nawr – am ddrwg sydd wedi digwydd mewn mannau arbennig – achos dim ond yr wythnos diwethaf yr oeddwn i'n darllen am garcharau'r Natsïaid, lle bu yna lawer iawn o ladd. Am flynyddoedd wedyn, ar ôl y rhyfel, doedd yr adar ddim yn mynd yn agos at y lle."

"Fel petai'r pethau dychrynllyd oedd wedi digwydd yno wedi gadael eu hôl ar y lle, wedi amharu ar y lle!" meddai Miriam.

"Ie, ac ar y pethau oedd yn gysylltiedig â'r lle."

Aeth Miriam draw at y map mawr o'r safle archaeolegol yng Ngwernyfed.

"O ble 'daeth hwn, yr asgwrn yma?" gofynnodd.

Cododd Alan becyn plastig, ac edrych ar y rhif oedd arno, a dweud, "Plot 3C." Yna aeth yn ei flaen, "Ond yn fwy na thebyg, dim ond edrych yn annymunol y mae dy ben Celtaidd di. Wyt ti'n nabod Charlie Boyd?"

"Wedi clywed amdano fe."

"Wel, roedd gan Charlie ben Celtaidd ar ei silff-ben-tân. Roedd e'n codi arswyd arna i, ond doedd Charlie'n gweld dim byd yn anghynnes yn y peth – cadw matjis yn ei gorun e hyd yn oed." Chwarddodd Alan wrth gofio hyn, yna gofynnodd. "Ddest ti â'r pen gyda thi?"

"Na, mae e braidd yn rhy drwm i'w gario o gwmpas. Ond fe hoffwn iti gael golwg arno fe," meddai Miriam.

"Mi ddo i draw i'w weld e dros y pen wythnos, iawn?"

"Ie, a dere â Siân gyda thi."

•   •   •

Y dydd Gwener, ar ôl yr ysgol, roedd capten y bêl-rwyd a'i thîm yn chwarae'n erbyn tîm ysgol y dref nesaf, ac yr oedd amryw rieni a ffrindiau wedi dod draw i weld y gêm, yn ôl eu harfer. Yn eu plith yr oedd Miriam ac Arthur – wedi dod yno ar eu ffordd adref o'r gwaith. Roedd llond y maes o ferched ifainc sionc wrthi'n egniol yn rhedeg a rasio a thaflu pêl, gan lwyddo i'w rhwydo weithiau. Fe sgoriodd Anna, ac fel tad balch o'i epil, roedd Arthur yn hael ei ganmoliaeth ac yn gweiddi, "Da iawn Anna, da iawn," fel y dylai. Yna trôdd at ei wraig a dweud, "Wel, Miriam fy nghariad i, mae dy hogan fach di'n prysur dyfu'n ferch ifanc."

"Gan ein gwneud ninnau'n hŷn bob dydd," meddai hithau.

"Ie, wel, fel'na y mae hi yntê," meddai yntau. "A chyn bo hir mi fydd hi bron cyn glysed â'i mam."

"Chwaneg o siarad fel'na sy ei eisie," meddai hithau.

"Ti'n well heddiw'n 'dwyt?" gofynnodd

"Ydw. 'Fûm i'n gweld Alan y bore yma."

"Wel mi ddaeth hynny â chdi at dy goed. Dydi Alan ddim yn un am ramantu'n nac ydi," meddai Arthur.

"Nac ydi, mae ei draed e mor solet ar y ddaear â dy draed tithau."

"A da hynny . . . Ac, yli, mi wneith rhyw hoe bach yn Amwythig yfory fyd o les iti."

Ar hynny dyma Anna'n rhwydo'r bêl eto, a dyma'i thad hi'n cymeradwyo eto, fel y dylai tad wneud.

• • •

Ddydd Sadwrn aeth Arthur a Miriam yn y car i Amwythig, a threulio diwrnod difyr yno. Ar y ffordd yn ôl ar hyd Nant Ffrancon roedd y prynhawn hwyr, braf yn amlygu holl hen ogoniant y lle. Ar ddeutu'r ffordd roedd creigiau a meini a mynyddoedd oedd wedi eu crafu i fodolaeth gan rewlif miloedd o flynyddoedd yn ôl. Gwnaeth yr harddwch hen, hen hwn gryn argraff ar y ddau oedd yn teithio drwyddo yn eu car.

"Does 'na 'nunlle'n debyg i Eryri'n nac oes!" meddai Arthur. "Sbia mewn difri."

"Cadernid hen Eryri," meddai Miriam.

"Mi wnaeth heddiw fyd o les iti," meddai Arthur.

"Do."

"Symud tipyn o'r hen bethau yna sydd ar dy feddwl di. Does 'na ddim byd tebyg i ddiwrnod o siopa'n nac oes i ddod â merch at ei choed!"

"Rydw i'n credu y bydd Anna'n blês iawn gyda'r defnydd yma," meddai hithau gan anwybyddu'r tynnu coes.

"Wel mi ddylai fod, ac ystyried ei bris o."

"Hi ydi dy unig blentyn di a, beth bynnag, 'ti wedi ei difetha hi ers pan oedd hi'n ferch fach," meddai Miriam.

"Pwy sy wedi ei difetha hi! Mae hi wedi cael pob chwarae teg, ond dydi hynny ddim yn gyfystyr â'i difetha hi chwaith, dallta di hynny," meddai Arthur gyda chryn deimlad. Gwenodd hi arno, yna dywedodd, "Mae 'na rywun yn pysgota yn y llyn."

A dyna lle'r oedd gŵr unig ar y lan, 'fel adyn ar gyfeiliorn, yn chwipio'r dŵr,' – fel y dywedwyd.

"O! . . . Mi fydd yn rhaid i minnau roi cynnig ar y sgota 'ma'n bydd," meddai Arthur.

"Ffordd dawel, ddifyr o hamddena – cymwys iawn i ŵr canol oed!" meddai Miriam dan led chwerthin.

Chwarddodd Arthur hefyd, a dweud, "Cymwys iawn i ŵr felly. . . Mwy cymwys na gwylio merched ifanc yn chwarae netbol!"

• • •

Tra roedd Arthur a Miriam yn Amwythig, roedd Anna wedi bod allan efo'i ffrindiau yn y bore ac wedi cael cinio yn nhŷ un ohonyn nhw, yna daeth yn ei hôl adref i'w pharatoi ei hun ar gyfer mynd allan gyda'r nos. Roedd hi yn y bath yn ymlacio'n braf ac yn gwrando ar y gerddoriaeth bop ddiweddaraf ar y radio y byddai'n wastad yn mynd â hi gyda hi pan oedd hi'n cael bath, pan ddechreuodd honno wneud sŵn ffrio cras. Parhaodd hyn am ychydig, yna daeth y canu'n ei ôl am bwl; yna daeth y ffrio eto, ac yna tawelwch.

"Be sy rŵan eto?" meddyliodd Anna.

Daliodd i aros yn y bath, yna, o bell, daeth sŵn fel esgyrn yn cael eu clecian, yn rhythmig, a daeth cri anifeilaidd o'r coed wrth law. Fferrodd Anna yn y bath. Gwrandawodd yn fwy astud, ond doedd dim byd o gwbwl i'w glywed. Ymlaciodd, gan feddwl, "Dychmygu wnes i." Ond daeth y sŵn eto, fel pe bai o fymryn yn nes, yn dod o'r coed yng nghefn y tŷ. Yr oedd yna sŵn oedd yn gymysgedd o garw ar ôl elain, ac ochneidio a galar. Cododd Anna o'r bath ar un waith, gwisgo gŵn-liain amdani, a mynd am ddrws y bathrwm. Parodd rhyw reddf iddi oedi am fymryn cyn ei agor, a phan ddaru hi ei agor gwnaeth hynny'n ofalus, ofalus. Teimlai fel pe bai ei chalon wedi slamio'n erbyn ei hesgyrn wrth iddi edrych yn ofalus trwy gil-agoriad y drws. Yn dod allan o lofft ei mam a'i thad roedd yna siâp mawr, tywyll, yn symud yn araf, araf. Caeodd hi'r drws, ei gloi, a chwympo i'r llawr y tu ôl iddo, gan geisio mygu ei hofn. Clywai sŵn llusgo o'r landing. Yna roedd cysgod enfawr, du'n tywyllu gwydyr-iâ ffenest y bathrwm. Yna clywodd Anna sŵn crafu ar bren y drws, sŵn ewinedd yn crafu, a hefyd sŵn tebyg i anifail yn chwythu trwy'i ffroenau. Cododd ei phen a gweld y siâp tywyll fel pe bai'n gwyro; yna, yn aneglur trwy'r gwydyr, gwelodd siâp pen llydan yn symud yn ôl ac ymlaen, ac yr oedd yna rywbeth yn tyfu o'r pen. "Anifail," oedd y gair a saethodd i'w meddwl. Roedd ar Anna eisio sgrechian ei hofn, ond mynnodd beidio, gan lechu y tu ôl i'r drws yn dawel, dawel. Goleuodd gwydyr y ffenest, a chlywodd sŵn llusgo, a daeth chwa o oglau cryf i'w ffroenau, tebyg i'r oglau oedd yna yn lloches yr eliffantod yn Sŵ Gaer. Aeth popeth yn ddistaw eto. Ond fentrodd hi ddim agor y drws ac yno, yn ei chwman, y bu hi nes iddi glywed car ei mam a'i thad yn cyrraedd libart y tŷ.

• • •

Pan gyrhaeddodd y car libart y tŷ, fe drawwyd Arthur a Miriam gan ryw deimlad anesmwyth. Yn un peth, roedd y tawelwch yn rhyfedd: doedd yno ddim trydar adar, dim siffrwd awel yn y dail, dim bref unrhyw anifail: roedd hi fel y bedd yno. Aeth Miriam i mewn, "Anna," gwaeddodd, "Anna."

Daeth cri o'r bathrwm, "Mam," ac yna sŵn crio. Rhuthrodd Miriam ac Arthur Vaughan i fyny'r grisiau. Syrthiodd Anna i freichiau ei mam, "O mam, mam," meddai, a chrio'n hidil.

"Dyna ti, mae'n iawn nawr," meddai ei mam.

"Mae pob dim yn iawn; dyna chdi. Mae pob dim yn iawn," meddai ei thad.

"Be sy wedi digwydd?" gofynnodd ei mam yn daer, daer.

"Rhywbeth tywyll . . . Cyrn," igiodd Anna.

"Cyrn! Cyrn!" meddai ei mam, yn gwybod ar unwaith beth oedd wedi digwydd.

"Y pen ydi'r drwg!" meddai.

"Mae'n rhaid iddo fo fynd, mam," meddai Anna gyda phendantrwydd terfynol.

"Iawn. Iawn. Mi gawn ni wared ohono fo," meddai ei thad.

Ar ôl cryn amser roedd ei mam a'i thad wedi llwyddo i dawelu Anna; ond aeth hi ddim allan y noson honno. Erbyn hynny roedd hi'n tynnu am ddeg o'r gloch y nos. "Dad, rhaid iddo fo fynd," meddai Anna eto.

Erbyn hyn, roedd Arthur wedi dechrau amau mai dychmygu pethau yr oedd ei ferch, fel ei wraig.

"I ble'r a' i ag o?" gofynnodd.

"Dos ag e'n ei ôl i William Jones," meddai Miriam.

"Ond, chwarae teg," meddai Arthur, "yr adeg yma o'r

nos! A be mae'r dyn druan yn mynd i ddeud? Pam na cha'
i ei gadw fo yn y cefn – yn y garej yn rhywle tan y bore?"

"Na, dad, ewch â fo: mae o'n ddrwg," meddai Anna,
gyda'r un pendantrwydd ag o'r blaen.

"O'r gorau, 'mach i, mi a' i ag o," meddai ei thad.

"Rhybuddia William Jones ynglŷn ag e'," meddai
Miriam. "Dwed wrtho am gael gwared ohono fe."

"Pam na cha' i ei daflu o i rywle 'te?" gofynnodd Arthur.

"William Jones gafodd hyd iddo fe, a William Jones sydd
i gael gwared ohono fe," meddai Miriam. "Ac y mae e'n
meddwl ei fod e'n werth rhywbeth."

"O plîs, dad, ewch ag o; mae o'n codi ofn arna'-i,"
meddai Anna.

"A be ydw i'n mynd i ddeud wrth William Jones: 'Dyma
fo, Mister Jones, dyma fo'ch pen chi, mae o'n codi
cythreuliaid, felly gwyliwch o'. . . Wel, dowch o'na. Ylwch,
rydw i'n dallt eich bod chi wedi gweld rhywbeth, a'ch bod
chi wedi dychryn . . .'"

"O'ma, dad; mae o'n mynd o'ma rŵan, y funud yma,"
meddai Anna.

"O, dydw i ddim yn gwybod beth i'w wneud – mynd ag
e nawr neu beidio," meddai Miriam.

"Ond mae'n rhaid iddo fo fynd â fo o'ma, mam. Rŵan,"
meddai Anna.

"Ddo i 'da thi i egluro," meddai Miriam.

"Ond dydw i ddim eisio aros yma ar ben fy hun,"
meddai Anna.

"Awn ni â thi gyda ni," meddai Miriam.

"Dydw i ddim yn mynd i 'nunlle efo'r pen yna," meddai
Anna, yn dra phendant.

"O'r gora, mi a' i â fo rŵan. Be ydi cyfeiriad William
Jones?" meddai Arthur.

"Mae o gen i yn fan hyn . . . Tri-deg-tri Lôn Galed, Tai

Gwynion, Porthau. Ti'n gwybod ble mae e', wrth ymyl Gwernyfed," meddai Miriam.

"Reit, mi a' i rŵan," meddai Arthur, gan gydio yn y bocs lle'r oedd y pen a mynd am y drws.

"A bydd yn ofalus," meddai ei wraig wrtho.

Rhoddodd Arthur y pen yn nhrwmbal y car, a'i chychwyn hi i gyfeiriad Gwernyfed.

Wedi iddo fynd, dyma Anna'n dweud, "Rydw i'n teimlo'n well rŵan. Mae yna fel tasai 'na ryw bwysau mawr wedi cael ei dynnu oddi ar y tŷ yma."

"Rydw innau hefyd . . . Ac y mae'r hen oglau yna wedi mynd hefyd," meddai ei mam.

"Oeddech chithau'n clywed oglau?" gofynnodd Anna.

"Oeddwn, ond 'doedd dy dad ddim."

"Doedd o ddim yn gweld dim byd chwaith, yn nac oedd."

"Fedri di ddim mo'i feio fe am fethu credu. Fyddwn innau ddim wedi credu wythnos yn ôl fod y creadur yna welais i'n bod – os ydi e'n bod."

"Pen fel anifail, a chyrn," meddai Anna.

"Fe welais innau fe hefyd," meddai ei mam.

"O ble do'th o?"

"Rydw i'n meddwl ei fod e'n dilyn y pen. Un o'r hen, hen dduwiau . . ."

"Pa dduwiau?" gofynnodd Anna.

"Duwiau'r Celtiaid," meddai ei mam. "Aros funud - mi â' i i nôl llyfr."

A dyma hi'n cael hyd i'r un llyfr ag a ddangosodd hi i William Jones.

•   •   •

Cyrhaeddodd Arthur dŷ William Jones, tynnu'r bocs, a'r pen a oedd ynddo fo, o drwmbal y car a mynd at ddrws y tŷ, a chnocio. Agorodd William Jones y drws ymhen ychydig.

"Ie?" gofynnodd.

"Wedi dod yma ynglŷn â'r pen," meddai Arthur wrtho fo.

"Pa ben?" gofynnodd William Jones. "O! Ydi Dr Vaughan wedi ffendio 'mod i wedi dod i ffortiwn, debyg!"

"Nac ydi, mae'n ddrwg gen i."

"Ie. Dowch i mewn."

"A deud y gwir, dod â'r pen yn ei ôl yr ydw i."

Erbyn hyn roedd Arthur Vaughan yn y lobi ac ar fynd drwodd i'r gegin. Pwy ddaeth yno i'w gyfarfod o ond Jane - yr oedd yn amlwg ei bod hi wedi clywed ei eiriau wrth ei gŵr.

"Dydi o ddim i dwllu'r tŷ yma; mi ddeuda i gymaint â hynny," meddai hi.

"Pam felly Mrs Jones?" gofynnodd Arthur.

"O! . . . mae'n anodd iawn deud . . ." meddai William.

Ond torrodd ei wraig ar ei draws, "Mae o'n ddrwg. Mae 'na ryw ddrwg dieflig ynddo fo."

"Ond be; be felly?" gofynnodd Arthur.

"Ddweda i ddim mwy, ond taswn i'n eich lle chi, mi faswn i'n cael gwared arno fo gynta' medrwn i," meddai Jane.

"Jane, y wraig 'ma, wedi cael dipyn o fraw 'chi," esboniodd William.

"Wel, yn rhyfedd iawn, deud wrthych chi am gael gwared o'r pen oedd fy neges innau hefyd," meddai Arthur.

"Be ddeudis i wrhyt ti!" meddai Jane wrth ei gŵr.

"Gawsoch chithau fraw hefyd?" gofynnodd William i Arthur.

"Na, welais i ddim byd; dim ond y wraig a'r ferch," meddai Arthur.

"Welson hwythau fo hefyd?" gofynnodd Jane.

Aeth Arthur fymryn yn nes at Jane a meddwl am y gair allweddol i'w ddweud wrthi. "Cyrn," meddai.

"Maen hwythau wedi ei weld o," meddai Jane.

"Cyrn! Pa gyrn?" meddai William.

"Dyna welsoch chwithau felly?" holodd Arthur.

"Dydw i heb yngan gair wrth neb am be welais i; a dyma'ch gwraig chi, a'ch merch chi wedi gweld yr un peth," meddai Jane wrth Arthur.

Rhaid gofyn, meddai Arthur wrtho'i hun a dweud, "Dyn corniog welsoch chi?"

"Rhywbeth . . ." meddai Jane, "hanner dyn, a hanner anifail. Mawr. Dychrynllyd. A chyrn ganddo fo."

"Anifail? Cyrn? Be ydi hyn?" gofynnodd William yn syn.

"Waeth iti heb. Fuaset ti ddim yn fy nghoelio i," meddai Jane wrtho. "Ond rŵan y mae'r ddynes glyfar yma wedi ei weld o. Y mae o **yn** bod. Ac y mae o'n perthyn i hwn." Cyfeiriodd at y bocs lle'r oedd y pen, gyda diflastod ac arswyd.

"Ydych chi'n credu yn hyn, Mister Vaughan?" gofynnodd William.

"Wel, y mae'r merched acw wedi gweld rhywbeth, a hwnnw'n rhywbeth dychrynllyd; dychrynllyd iawn hefyd. Mae o fel petai o'n perthyn i'r pen yma," meddai Arthur. Yna trôdd at Jane, "Welsoch chi rywbeth wedyn, Musus Jones – ar ôl iddo fo fynd o'r tŷ?"

"Dim, ar ôl i," yna hanner boerodd y gair, gan nodio i gyfeiriad y bocs, "hwn, fynd o'r tŷ yma . . . Felly peidiwch â dod â fo ar fy nghyfyl i."

"Diolch ichi," meddai Arthur Vaughan. "Mi wela i mai mynd â fo o'ma ydi'r peth calla i'w wneud."

"A chael gwared arno fo sut yn y byd, gynta'n y byd," meddai Jane.

"Nos dawch, a diolch," meddai Arthur wrth fynd trwy'r drws.

"Nos dawch," meddai William.

"A chymerwch ofal," ychwanegodd Jane.

Aeth yn ei ôl at y car, rhoi'r bocs â'r pen ynddo yn ei drwmbal, a chychwyn i gyfeiriad y domen, oedd ddim ymhell, "Mi'i tafla i o dros y ffens yn fan'no," meddyliodd.

•   •   •

Adref, ym 'Maelog', roedd Miriam ac Anna'n mynd trwy ddalennau'r llyfr ar y Celtiaid. Ar y dudalen o'u blaen yr oedd llun o gerflun carreg o dduwies ar gefn ceffyl.

"Dyma iti Epona," meddai Miriam wrth · ei merch. "Duwies ceffylau oedd hi, ac y mae 'na geffylau gyda hi'n eithaf aml . . . A dyma iti Artios, duwies sy'n aml ag arth gyda hi."

"Oedd yna lefydd arbennig lle'r oedden nhw'n addoli'r pethau yma?" holodd Anna.

"Oedd, yr oedd yna lefydd sanctaidd, llefydd cysegredig. Dyna iti Gwernyfed – roedd hwnnw'n lle cysegredig. Mewn llefydd felly, gyda'r nos, y byddai pethau'n digwydd."

"Fel be?"

"Defodau. Aberthau," atebodd ei mam.

"Be oedden nhw'n ei aberthu?"

"Dynion."

Aeth iâs annymunol i lawr cefn Anna. Roedd ei mam yn dal i droi tudalennau'r llyfr. Yna gwelodd Anna lun arbennig o hen dduw corniog y mae ysgythriad arbennig ohono ar faen ym Musée de Cluny, Paris.

"Hwn'na, mam; hwn'na welais i!" meddai hi.

"Cernunnos," meddai ei mam. "Duw'r anifeiliaid, y Byd Arall, a'r tywyllwch."

Yna daeth syniad arswydus i feddwl Anna, a dywedodd, "Fydd . . . dad ddim yn mynd heibio Gwernyfed heno'n na fydd?"

"Gwernyfed!" meddai ei mam. Gollyngodd y llyfr o'i llaw a chythru am y llyfr ffôn, gan fwrw drwyddo'n chwim, "William Jones, Porthau, dyma fe," meddai. A ffoniodd.

Cododd William Jones y ffôn yn ei gartref. "Helô. Porthau, pedwar pedwar tri. Wil Jôs sy'n siarad. . .

Arthur!. . .

O, Doctor Vaughan, chi sy 'na . . .

Wel . . . na, mae o wedi mynd o'ma ers tipyn . . .

Na, mae o wedi mynd â'r pen efo fo – y Musus 'dach chi'n dallt . . .

Helo . . . Helo . . ."

•   •   •

Gyrrai Arthur Vaughan, gan anelu at y ffordd oedd yn arwain at y domen sbwriel gyhoeddus. Roedd hi'n noson glir yn y gwanwyn, a'r lloer wedi chwyddo bron iawn i'w llawnder crwn. Pelydrai ei goleuni oeraidd ar y wlad o amgylch. Fel y dynesai Arthur Vaughan at Wernyfed dechreuodd ddychmygu ei fod yn clywed sŵn, o bell. Gwrandawodd yn astud. Roedd y sŵn yn rhyw sŵn anifeilaidd, yn rhyw ubain lloerig ynghyd â gwaeddau iasoer; ond sŵn dynol oedd o – hyd y gallai ei glywed. O dan y sŵn hwn, a gryfhai ac a ddistawai fel yr âi yn ei flaen, yr oedd sŵn rhythmig i'w glywed, yn glecian esgyrn a tharo tabyrddau, fe dybiai. "Lol," meddai wrtho'i hun, a cheisio canolbwyntio ar y ffordd o'i flaen. Peidiodd y sŵn hwnnw. Yna dechreuodd y cloc oedd yn y car dician yn uwch ac uwch. Ceisiodd yntau ei drawo efo'i fys, ond doedd hynny'n amharu dim ar y tician, tician. Yna stop, doedd dim sŵn, ac o daflu golwg sydyn ar y cloc gwelodd fod y bys eiliad oedd arno wedi stopio. Erbyn hyn roedd Arthur Vaughan yn teimlo'n dra anesmwyth. "Tybed?" meddai wrtho'i hun, gan feddwl am ei wraig a'i ferch, "Tybed?" Yna dechreuodd glywed aroglau, aroglau trwm fel aroglau beudy neu stabal. "Oglau anifeiliaid," meddyliodd. Erbyn hyn roedd yn teimlo arswyd yn cydio ynddo. Dechreuodd deimlo fod yna ryw bresenoldeb yn sedd gefn y car. Aeth y teimlad mor gryf nes y bu'n rhaid iddo droi i weld a oedd rhywbeth yno. Am eiliad gwelodd ben mawr, anifeilaidd, a chyrn. Yn yr eiliad honno collodd reolaeth ar y car, aeth i fyny ochor las y ffordd a thaflwyd y car drosodd. Rhygnodd ar hyd y tar macadam ar ei ben i lawr am lathenni gan dasgu gwreichion o'i fetel. Yna trawodd rywbeth ar y ffordd a thrôdd y car drosodd ar ei olwynion eto – o flaen giât y ffordd a arweiniai i fferm Gwernyfed.

Aeth colofn yr olwyn yrru trwy fron Arthur Vaughan, ac agorodd ei dalcen yn y gwrthdrawiad â'r ffenest flaen. Symudodd ei gorff ryw ychydig, fel pe ohono'i hun. Llifodd gwaed coch, twym o'r gwythiennau uwch y llaw a hongiai allan drwy'r lle'r oedd drws y car yn arfer bod, cyn i hwnnw gael ein rwygo ymaith. Llifodd diferion coch ei fywyd i'r ddaear. Yna cynheuodd tân ym mheiriant y car, a chyn pen dim yr oedd yn goelcerth ffyrnig.

●　　●　　●

Y diwrnod wedyn roedd y ffordd wedi ei chau, a dau gar plismyn yno. Roedd gweddillion corff Arthur Vaughan wedi cael eu tynnu allan o'r car a'u cario i'r ysbyty. Erbyn hyn, yr oedd lorri wedi cyrraedd i lusgo ysgerbwd gwag y car ymaith, ac agor y ffordd unwaith eto. Edrychodd un o'r plismyn ar sedd wag, ddi-ddrws y gyrrwr. "W!annwyl dad, doedd gan y creadur druan ddim gobaith," meddai wrth ei bartner. "Rhaid ei fod o wedi colli rheolaeth yn hollol ar y car 'ma. Ond does yna ddim byd i awgrymu pam. Does yna ddim tystiolaeth fod yna reswm o gwbwl pam y digwyddodd y ddamwain yma. Druan bach!" meddai.

"Doedd yna ddim byd yn y bŵt oedd yna?" gofynnodd y partner.

"Na, mi edrychodd Dewi yn fan'no. Doedd yno ddim byd ond olion bocs carbord wedi llosgi," atebodd y plisman cyntaf. "Mae'r ddamwain yma'n ddirgelwch llwyr . . . Y creadur bach."

•   •   •

Ac yn oesoedd Cred a Christnogaeth fe roddwyd i Gernunnos enw newydd: Diafol. Hyn i ddynodi nad yw yr hen bethau wedi mynd heibio.

Gwarcheidiol

1870 oedd y flwyddyn, ac yn un o bentrefi bach Norfolk yr oedd Edward King newydd ddechrau fel curad cydwybodol. Roedd hi'n ddiwedd mis Hydref ac, ar wahan i ysbeidiau o loergan, roedd y distawrwydd trwm hwnnw, a'r tywyllwch trwchus hwnnw sy'n arferol yr adeg honno o'r flwyddyn yn gorffwys braidd yn llethol ar yr ardal. Roedd hi'n saith o'r gloch y nos, ac Edward King yn ei gartref, sef rheithordy eithaf sylweddol ei faint a godwyd yn y ddeunawfed ganrif. Roedd ei wraig, Sara, wrthi'n hanner goruchwylio a hanner helpu'r forwyn fach, yr oedden nhw'n gallu ei fforddio, i baratoi swper. Daeth cnoc ar y drws sylweddol oedd ym mlaen yr adeilad. Aeth Edward at y drws i weld pwy oedd yno, gan gario llusern ac ynddi hi gannwyll yn olau. Pan agorodd y drws goleuwyd wyneb a oedd yn ddieithr iddo. Roedd golwg crwydryn ar y dyn canolig ei daldra a'i hwynebai; roedd ei wisg yn arw ac ôl traul arni; ei farf yn flêr a di-raen, a syrthiai cysgod cantel llydan ei het dros ei lygaid. Daliodd Edward y llusern yn ddigon isel i weld ei lygaid, a oedd ychydig bach yn groes.

"Edward King, syr?" gofynnodd y dieithryn.

"Ie," atebodd yntau; yna gyda'i gwrteisi arferol, gwahoddodd Edward o i'r tŷ.

"Na, syr," meddai'r dieithryn a symud gam yn ôl, fel pe bai am guddio'i wyneb. Yna, ychwanegodd y gair,

"Diolch." Oedodd ennyd ac yna dweud, "Pasio bwthyn wrth yr hen felin yr oeddwn i pan ddaeth y dyn yma allan, a golwg bryderus iawn arno fo. Ei dad o, meddai o, yn wael iawn, ac yn gofyn am offeiriad," meddai, ac yna ychwanegu, "Yn debyg o farw, meddai'r dyn. Y fo ofynnodd imi ddwad i chwilio amdanoch chi."

"Mae'r hen felin ryw filltir a hanner oddi yma," meddai Edward, "mae gen i syniad go lew ple y mae hi. Ond rydw i'n reit sicr nad ydi'r felin, nac unrhyw fwthyn sydd o fewn cyrraedd iddi hi, yn y plwyf yma. Ydych chi'n siŵr mai ata i y gofynnodd y dyn ichi ddwad?"

"Wn i ddim byd am blwyfi," meddai'r dyn, "a dwn i ddim pwy ydi'r bobol sy'n byw yn y bwthyn. Gofyn i'r ciwrat, Edward King, ddwad draw wnaeth o, a rhoi cyfarwyddiadau imi ddwad yma."

"Nid un o ffor'ma ydych chi felly?" gofynnodd Edward.

"Nage," meddai'r dyn, "ond mi fydda i'n dwad heibio yn fy nhro."

"A dyna'r cyfan?" gofynnodd Edward.

"Y cyfan," meddai'r dyn. Yna, ar ôl saib fe ychwanegodd, "Fe roddodd o geiniog imi." Yna dywedodd, "A rŵan, dyna fi wedi gwneud fy nyletswydd. Mi a' i – mae gen i dipyn o ffordd i fynd eto heno."

A chyn i Edward allu cynnig tamaid o fara a chaws iddo – fel y gwnâi i grwydriaid – fe drôdd ar ei sawdl a mynd i lawr y llwybyr, o dir y rheithordy, i'r tywyllwch. Torrodd y cymylau, a gallai Edward ei weld yn mynd ar ei daith unig ar hyd y ffordd arw.

Caeodd Edward y drws yn fyfyrgar ac aeth yn ei ôl i'r gegin.

"Pwy oedd yna?" gofynnodd Sara.

"Dyn diarth," meddai ei gŵr.

"A be oedd o ei eisio?"

"Dyn efo neges oedd o," meddai Edward, "rhywun yn y bwthyn wrth y felin ar farw, ac eisio imi fynd draw."

"Rŵan! Heno!"

"Rŵan, heno," meddai Edward. "A chyn cael swper ddywedwn i."

"'Wyt ti erioed am fentro i'r twllwch yma ar gais fel'na?" gofynnodd Sara.

"I fynd allan fel'ma'r ydw i'n da," meddai Edward, a gwenu ar ei wraig.

"Ond y mae'r felin yna'n bell," meddai Sara.

"Rhyw filltir a hanner," meddai yntau.

"Rhyw filltir a hanner o dwllwch," meddai hithau.

"Mae gen i lantar," meddai yntau. "Ac y mae yna leuad – hyd yn oed os ydi hi braidd yn oriog."

"Ac mi rwyt ti am fynd?"

"Dyletswydd, Sara bach, dyletswydd," meddai Edward.

Gwisgodd ei glogyn du a'i het, a chan afael yn ei lusern a rhoi cannwyll newydd ynddi, ac un arall yn ei boced, caeodd y drws wrth ddweud, "Da bo'ch chdi."

"Dyletswydd!" ebychodd Sara, a bwrw golwg ar y tatws a oedd bron wedi berwi digon.

Dilyn y ffordd oedd yn rhaid i Edward King ac fe ddeuai honno ag o at yr hen felin, ac felly at y bwthyn. A dyna a wnaeth o, gan gerdded yn brysur, yng ngolau oriog y lloer, ac yng ngolau tila ei lamp. Cymerodd y nesaf peth at hanner awr iddo gyrraedd yr hen felin, ac wedi cyrraedd honno gallai weld y bwthyn. Roedd golau egwan yn felyn yn un ffenest. Aeth Edward King at y drws a churo. Daeth gŵr a golwg gwas ffarm arno, un tua deg ar hugain oed, fel y gallai King dybio, i'r drws. Edrychodd yn syn o weld gŵr mewn gwisg eglwysig wrth y drws.

"Noswaith dda, syr," meddai.

"Noswaith dda," meddai Edward King. "Yma y mae'r claf? . . . Eich tad, efallai?"

"Dowch i mewn, syr," meddai'r gŵr.

Aeth yntau i mewn i stafell lom lle'r oedd gwraig ifanc yn eistedd wrth y tân yn magu baban. Taflai un gannwyll lai o lewyrch na'r tân ar le tlodaidd, ond glanwaith.

"Dyma Bess, fy ngwraig," meddai gŵr y tŷ. Gwnaeth hi osgo at godi, ond arwyddodd Edward King â'i law nad oedd angen iddi wneud hynny. Yna dywedodd y gŵr, "Claf ddywetsoch chi . . . Rhaid fod yna ryw gamgymeriad, does yna'r un claf yma."

"Dim tad yn glaf?" gofynnodd Edward.

"Na. Mae ein rhieni ni'n dau'n iach – diolch i Dduw – ac yn byw yn y pentre nesa."

"Felly, rydw i'n cymryd na wnaethoch chi ddim gofyn i grwydryn ddod i fy nôl i at neb," meddai Edward, fel sylw yn hytrach na chwestiwn.

"Naddo, syr."

"Rhyfedd," meddai Edward, "rhyfedd iawn."

"Mi wn i mai chi ydi rheithor y plwy nesa," meddai'r gŵr. "Mistar Edmunds ydi'n rheithor ni."

"Mi drawodd hyn'na finnau hefyd," meddai Edward.

"Begio'ch pardwn, syr, ond gofyn am Mistar Edmunds y buasai pobol ffordd hyn, tasen nhw ar farw," meddai gŵr y tŷ.

"Debyg iawn," meddai Edward, "debyg iawn . . . A does 'na neb yma'n sâl felly?"

"Nac oes, syr – diolch i Dduw."

Estynnodd Edward King dair ceiniog o'i boced a'u rhoi i'r gŵr. Diolchodd yntau'n ddiffuant iawn am rodd a oedd, iddo fo, yn un dra haelionus.

"Gaf i dynnu'r pwt cannwyll yma o'r lantar, a chynnau un arall ar gyfer fy ffordd yn ôl?" gofynnodd.

"Wrth gwrs," meddai'r gŵr, ac estyn am frigyn main i gael tân arno o'r aelwyd i oleuo cannwyll Edward King.

"A be ydi'ch enwau chi?" gofynnodd, wrth roi'r gannwyll newydd yn ei lusern. "Mi wn i mai Bess ydi'ch gwraig."

"John, syr."

"A be ydi enw'r babi bach?"

"Laura," meddai John. "Yr un enw â'i nain, mam Bess yma."

"Bendith arnoch chi," meddai Edward King, "a da bo'ch chi."

"Nos dawch," meddai Bess. Aeth John hyd at y felin i hebrwng y curad, ac yno y ffarweliodd ag o.

Roedd hi gryn dipyn yn fwy golau ar y ffordd yn ôl, am fod yna fwy o leuad yn y golwg ar hyd y daith. Pan glywodd Sara sŵn troed yn ffrynt y tŷ daeth allan efo llusern, yn falch o weld ei gŵr wedi dychwelyd yn ddiogel.

"Diolch byth," meddai. "A sut oedd pethau?"

"Rhyfedd iawn," meddai Edward. "Doedd yna neb yn glaf, a neb ar ei wely angau. Yr hyn oedd yna oedd gŵr a gwraig briod ifanc, ac un babi bach."

"Fe gest ti dy dwyllo felly!"

"Do 'wel'di, mi ges i fy nhwyllo. Ond hidia befo, dydw i ddim gwaeth, ac mi gyfarfûm i â theulu bach yn ceisio byw yng nghaledi'r cefn gwlad yma."

Am ennyd edrychodd Sara i fyny'r ffordd oedd yn mynd i gyfeiriad y felin.

"Be sy?" gofynnodd ei gŵr.

"Rhyw feddwl . . ." meddai hi, ac yna ychwanegu, "Dim byd."

Edrychodd Edward i weld y ffordd y daeth ond, fel y dywedodd ei wraig, doedd yna ddim byd yno.

●　●　●

Fe gydnabuwyd ymroddiad Edward King gan yr Eglwys. Yn y man fe'i penodwyd yn bennaeth coleg diwiynddol ger Rhydychen, a threuliodd ddeng mlynedd lwyddiannus iawn yno. Nodweddid ei gyfnod yno gan ei frwdfrydedd yn ei waith, a chan ei berthynas dda, nid yn unig â'i fyfyrwyr ond â phlwyfolion y cylch. Un o'r digwyddiadau mwyaf cofiadwy amdano oedd y tro hwnnw pan oedd yn ddwy flwydd a deugain oed. Yr oedd crwydryn wedi dod i un o'r pentrefi wrth ymyl Rhydychen, a thra'r oedd o yno fe'i trawyd gan y frech wen, a bu farw o fewn dyddiau. Nid oedd neb y fodlon mynd yn agos ato fo, ond pan glywodd King am hyn, aeth yno, codi'r corff trallodus a heintiedig yn ei freichiau, ei roi mewn arch a'i chau hi'n dynn, a chladdu'r truan. Gan nad oedd o'n ddim gwaeth ar ôl gwneud hyn oll, dechreuodd pobol y cylch edrych arno fel rhyw fath o sant. Cydnabuwyd ei waith yn y coleg trwy iddo gael ei ddyrchafu'n Ganon yn Eglwys Gadeiriol Lincoln yn 1885.

Ar ôl iddo fo a'i deulu ymsefydlu yno, daeth un oedd yn gweithredu fel Caplan yn y carchar yn Lincoln ato a dweud fod ganddo ofn na allai wynebu un ddyletswydd

"Pa ddyletswydd, gyfaill?" gofynnodd Edward King.

"Bod gyda charcharor sy'n mynd i gael ei grogi," meddai'r Caplan. "Mae yna bethau ofnadwy'n digwydd yn y carchar, ac rydw i wedi dod i ddygymod â'r rheini, ond . . ."

"Pwy sy'n mynd i gael ei grogi?"

"Pysgotwr ifanc o Grimsby."

"A'i drosedd?"

"Y mae'r creadur bach wedi lladd ei gariad ar ôl pŵl o genfigen, a chweryl a fu rhyngddyn nhw. Be alla i . . . be allith neb ei wneud na'i ddweud wrth y truan yma?"

"Os leiciwch chi, mi a' i i'w weld o," meddai Edward King.

Aeth i mewn i le digalon iawn, adeilad wedi ei godi efo cerrig mawr a barrau haearn, lle tamp ac oer, budur a drewllyd a sarrug. Arweiniwyd ef i gell galed, a gwellt aflan ar ei lawr, i gyfarfod gŵr ifanc oedd, ar y dechrau, yn ofni hyd yn oed edrych arno. Yn raddol bach, dros ddyddiau, cyffesodd hwn ei fod wedi lladd ei gariad, mewn pŵl o orffwylledd ar ôl iddo ei dal hi'n caru gyda llanc arall. Darganfu Edward King na wyddai'r gŵr ddim byd am elfennau'r gred Gristnogol, ond doedd hynny ddim yn ei synnu. Bu wrthi'n sôn wrtho am bechod, ac edifeirwch, a maddeuant, a Gwaredwr. O'r tu allan i'r carchar, aeth ati i geisio dwyn perswâd ar awdurdodau'r gyfraith i beidio â'i grogi, ond cwbwl ofer fu ei ymdrechion. Ar ddiwrnod ei ddienyddiad, mynnodd King sefyll ar lwyfan ei grogbren gyda'r gŵr oedd, erbyn hynny, wedi erfyn ar ei Greawdwr am faddeuant. Ni chiliodd King oddi yno nes clywed y llawr yn agor a'r carcharor yn syrthio ac yn cael ei blycio'n enbyd i'w farwolaeth. Ar ôl hyn, byddai King yn ymwelydd cyson â'r carchar, a daeth i nabod pob math o ddrwgweithredwyr.

Rai blynyddoedd ar ôl hyn, fe'i cafodd ei hun, unwaith eto, yn ymweld â llofrudd, un Samuel Black. Yr oedd wedi bod gydag o am ddeuddydd, pan ddywedodd Black wrtho, "Rydw i'n gwybod amdanoch chi."

"Sut felly?" gofynnodd King iddo.

"Mi allwn i'n hawdd fod wedi'ch lladd chi."

"Fy lladd i? Ymhle? Pryd?"

"Ydych chi'n cofio, flynyddoedd yn ôl, pan oeddech chi'n giwrat yn Norfolk."

"Fe fûm i'n gurad yn fan'no. Yn fan'no' roedd fy ngofalaeth gyntaf i. Ond dydw i ddim yn eich cofio chi yno."

"Mi wn i, ond rydw i'n eich cofio chi."

"Oeddech chi'n byw yno?"

"Rhyw basio trwodd, fel petai," meddai Black.

"Does fawr ryfedd nad ydw i'n eich cofio chi, felly."

"Ond efallai eich bod chi'n cofio dyn yn dwad atoch chi, a rhoi neges gelwyddog ichi."

Aeth meddwl Edward King yn ôl at y noson y daeth y crwydryn at ei ddrws yn sôn am ddyn ar farw mewn bwthyn wrth y felin.

"Neges am ddyn ar farw?"

"Ie. Wel y fi anfonodd y dyn yna atoch chi."

"Brenin annwyl, pam?"

"Roedd arna i eisio eich denu chi allan er mwyn medru ymosod arnoch chi a dwyn oddi arnoch chi ar y ffordd dywyll yna."

"Pam na wnaethoch chi hynny 'te?"

"Mi wyliais i chi'n cyrraedd y felin, yn mynd i'r bwthyn, ac yn cael gwybod nad oedd yno neb ar farw. Mi wyliais i chi'n dod allan ac yn cychwyn ar eich taith am adre."

"Cyfle iawn i ymosod arna i 'fuaswn i'm meddwl," meddai King.

"Dyna oedd fy mwriad i," meddai Black, "ond doedd gen i ddim digon o blwc."

"Dim digon o blwc i ymosod ar reithor bach unig?"

"Nid unig. Mi welais i nad oeddech chi ddim ar eich pen eich hun."

"Ond yr oeddwn i ar fy mhen fy hun," meddai King.

"Nac oeddech," meddai Black, "roedd yna ddieithryn, a rhywbeth dirgel ynglŷn ag o, yn cerdded yn weddol agos y tu ôl ichi. Mi ddilynias i'r ddau ohonoch chi nes ein bod ni wrth ymyl eich tŷ chi. Yna fe ddiflannodd o. Mi aethoch chithau i'r tŷ, ac roeddwn i wedi colli fy nghyfle."

"Ond mi alla i'ch sicrhau chi mai ar fy mhen fy hun yr oeddwn i," meddai King.

"Na. Ac ar ôl i'ch cydymaith chi ddiflannu, roeddwn i'n teimlo'n ofnadwy am fwriadu ymosod arnoch chi, 'theimlais i erioed fel'na cyn hynny nac wedyn. Mi ddaru'ch cyfaill chi eich gwarchod chi'r noson honno. Biti na fasai o wedi dod i warchod y dyn wnes i ei ladd!"

"Y mae hwn yn hanes rhyfedd iawn," meddai King. "Rhywun yn cerdded y tu ôl imi?"

"Rhywun a fu efo chi ar hyd y daith."

"Ond 'wyddwn i ddim byd am y peth," meddai Edward King.

"Ond mi wn i," meddai Black. "Mi wn i."